ベリーズ文庫

イジワル御曹司のギャップに参ってます！

伊月ジュイ

STARTS
スターツ出版株式会社

目次

イジワル御曹司のギャップに参ってます!

＼イジワル御曹司の
ギャップに参ってます！

プロローグ

彼の指が、唇が、私の体に触れたとき。

全身が麻痺して動かなくなり、不自然に短い呼吸と、まばたきを忘れた瞳で、目の前にある彼の髪の先をただじっと見つめていた。

つい数時間前までの彼は、無機質なレンズに瞳を隠し、冷徹な言葉を繰り出しては私をいらいらさせていたはずだ。

ふたりのコミュニケーションといえば、嫌悪感丸出しの嫌味の応酬や、色気も素っ気もない仕事上の会話だけ。

そこから想像もつかないほどの甘く濃厚なやり取りが、今、目の前でなされている。

困惑する私を見て、眼鏡をはずして形のいい瞳をあらわにした彼が、ニヤリと意地悪く微笑んだ。

どうしてこんなことになってしまったのか、私にも分からない。

だって、彼は私が嫌いだし、
私も彼が、大嫌いだ。

私と彼の穏やかじゃない日常

静まり返った会議室に、私の声だけが響いていた。

薄暗い照明の中、プロジェクターの少しくぐもったライトが私の背中を照らしている。

注がれる視線。全神経が集中力を増す。研ぎ澄まされた脳が自然と相応しい言葉を選んでくれる。

プレゼンの緊張感が、弱気な心を奥底にしまい込んでくれた。

今、誰もが私の熱い思いに、耳を傾けてくれている。社内プレゼンとはいえ、全力で臨まなきゃ失礼だ。

仕事には常に全身全霊で取り組む、それが私――朱石光子のモットーだ。

証拠に、今日の下着は勝負の赤色だ。この情熱の色が私の背中を押してくれる。

胸まである長い髪をアップにし、口もとには新作のルージュを引いていた。糊の効いたシャツとパンツは、堅苦しくなりすぎない七分丈。手首と胸もとに嫌味にならない程度のアクセサリー。

大丈夫、誰が見たってできる女に見える。自信を持って、私！

「二十周年のアニバーサリーイヤーに相応しい特別派手なCMを、というのがクライアントの要望です。衣装、装飾品、セットや小道具など、すべて上質なものを揃え、本物ならではのクオリティで勝負しようかと。それに伴い、WEBによる広告戦略を――」

私の立つ壇上を囲むようにコの字型に配置された会議卓。等間隔に座る十数名の社員たち。今年入社した新人から、絶対的な権力を持つ部長まで立場は様々だ。

このプロジェクトに携わるであろう人材が、部内からピックアップされ、この場に集められた。

壇上のすぐ右脇に座っているのが、この会議室内で断トツの権力を誇る男――小野田（おのだ）部長だ。

彼は白髪交じりの頭をひとなでし腕を組んだ後、わずかにうなずいた。

私は心の中でガッツポーズをとる。部長の癖なのだ。脈ありのときはうなずき、NGであれば首を傾げる。

「――以上です」

私は壇上で一礼し、少し下がった位置にある自席へと戻った。

隣に座っていた後輩——私のサポート役である市ヶ谷くんが、小さく拳を握って『ばっちりでした』の合図を送る。

議事進行役が私の代わりにマイクを取った。

「朱石さん、ありがとうございました」

私への労いとともに場を締めくくる。「それでは次に——」進行役が視線を向けたのは、私の正面に座っているひとりの男性社員。

「——氷川さん、お願いします」

すらっと背の高い男が、静かに席を立った。

グレーのスーツに濃紺のネクタイ。真っ白なシャツ。切れ長の瞳に、形のいい唇。整った顔立ちではあるが、冷徹そうにも見える。寒色の似合う冷え冷えとした印象の男だ。シルバーのメタルフレームの眼鏡が、知性と神経質さを醸し出している。

会議室内にいる女性社員の視線が釘づけになっているのを感じた。

この男——氷川流星の父親は世界的に有名な自動車メーカーの社長、そして我が社の大株主でもある。それなのになぜこの会社に入ったのかは謎だが、確かなのは出世が約束されているということ。そんな彼を女性たちが放っておくわけがない。

壇上に上がり、プロジェクターに映された資料の説明を始める氷川さん。

よく通る低い声。沈着冷静。淀みのない語り口。一切の感情を排除した、徹底的に合理化された論述。

悔しいけれど、いつも通り、この男は完璧だ。まるで機械のように揺るがない。

「一流の女優、監督を使いキャスティングで話題をさらう、それこそが最大の広告戦略となるでしょう。そこに経費をかける分、セットを使わずすべてCG化し、コストを削減します」

彼の冷ややかな目が、一瞬こちらを見たような気がした。

「『高品質』にこだわるのはかまいませんが、求める品質に見合うものを探せるとは限りませんし、不要なコストやリスクを増長させるだけでしょう。そもそも不特定多数の視聴者が一様に芸術性を見い出せるとは考えにくいですし。対してCGであれば、専門の業者に発注するため、安定したクオリティを見込めます。弊社の手間も最小限で済み、リスク回避にも繋がります」

――私と正反対の主張を展開する氷川さん。その敵意丸出しの攻めっぷりは間違いなく意識してのことだろう。

彼の論説に私はむっと唇を噛みしめた。この部屋が暗がりでよかった。私のこめかみがぴくぴくいってるのを、ほかの社員に知られなくて済む。

安定したクオリティ？　弊社の手間が最小限？　リスク回避？

彼はいつだってそうだ。冒険心の欠片もない、危険因子は徹底的に排除、楽な方へ、楽な方へと進もうとする。

超安定志向の機械人間。きっと保身ばかり考えているのだろう。

たしかに未知の領域へ足を踏み出すのは怖い。どんな困難が待ち受けているかも分からない。けれど、リスクを取らずしてなにを得られるというのだ。

勇気を出して前へ進まなければ、新しいものはなにも創り出せないというのに。

お役所仕事じゃ、私たちを信頼して仕事を任せてくれたクライアントに失礼でしょう？

私は正面に座る小野田部長をちらりと見やった。小野田部長は腕を組み、一心にあの冷徹男を眺めている。

そして――うなずいた。小野田部長の、脈ありサイン。

――うぅぅ、悔しい……。

やっぱり私、氷川さんが大嫌いだ。

大学を卒業した後、大手広告代理店『美倉広告企画』に就職して六年目。

下っ端から始まった私も、今では企画の提案を任される立場に成長した。

今回の依頼主は化粧品メーカー『ジュエルコスメ』。年間何十億という巨額な費用を広告に投資する大企業だ。

我が社との取引はこれで二度目。今後の展望が期待されているこの企画、なんとしてでもモノにしたい。

私と氷川さん、ほか三名分のプレゼンが終わって、上層部の審査タイムに入った。私を含む一般階級の社員は一時休憩となる。

会議室を出ようとした私の背中を、威厳と優しさに満ちた低い声が呼び止めた。小野田部長だ。

「朱石くん。プレゼン、とてもよかったよ」

「ありがとうございます」

頭を下げた私に、小野田部長は感慨深げな瞳で顎をなでた。

「それにしても、変わったな君は。入社当時と比べると、別人のように成長したね」

小さい頃から引っ込み思案だった私は、社会人になってからもおどおどとした態度を直せずにいた。

クライアントとのやり取りの中で、どこか自信なく振舞う私を見て、小野田部長が言ったのだ。

『仕事とは、君自身が商品だ。君は、お客様に自信のない商品を売りつける気かね？』

目から鱗が落ちる思いだった。

誠実に仕事と向き合い、クライアントの期待に応えるには、自分の持っている実力の百パーセントを出し切るしかない。そうすれば自ずと自信もついてくる。自信のなさは、努力が足りないことへの言い訳でしかない。

それ以来、私は胸を張って仕事をするようにしている。弱気を捨て、自分という商品に誇りを持てるように。

その甲斐あってか、周囲の目も次第に変わり始め、仕事仲間から頼られることも多くなった。

最終的には、強気に振舞いすぎて〝鋼鉄の意思を持つ女〟と恐れられてしまうくらいに――。

「とんでもありません。小野田部長のご指導のおかげです」

「これからも期待しているよ」

そう告げて私の肩をポンと軽く叩くと、小野田部長は会議室の奥で審査を続けている上層部の輪の中へと戻っていった。

プレゼンにたしかな手ごたえを感じた。

……あとはあの男の評価次第だ。

ちらりと視線をやった先には、私の宿敵・氷川さんの姿。平山課長となにやら話し込んでいる。

大株主の息子という存在に心酔してしまっている平山課長は、あの熱意なし、やる気なし、お役所仕事しかしようとしない機械人間に優先して仕事を回す。なんのコネクションも持たず、自分の力のみを頼りにやってきた私としては、正直、おもしろくない。

休憩室へ向かう廊下の最中、うしろから追いついてきた後輩の市ヶ谷くんが私の代わりに苛立ちをぶちまけてくれた。

「氷川さん、朱石先輩を目の敵にしてますよね⁉　毎回プレゼンの度に喧嘩売ってきて」

ええ、まったくその通りです。

私が彼を一方的に宿敵だと思っているわけではなく、どうやら彼も私のことが嫌いなようで、仕事をすれば揚げ足を取られ、プレゼンをすればつぶしにかかってくる。そんでもって、あの冷徹な眼鏡を光らせて威嚇するんだ。

私がいったいなにをしたっていうの？

「だいたい、朱石先輩の方が氷川さんより先輩でしょう？　なんであんなに偉そうな態度取れるんですか！」

「……厳密に言うと、入社年次は私の方がひとつ上。でも歳は私がひとつ下。彼は院卒だからね」

「つまり、仕事のキャリアでは朱石先輩の方が上ってことじゃないですか。もっと敬うべきですよ！」

ガラスのパーテーションと目隠し代わりの観葉植物に囲まれた休憩室。

自販機二台と横長のベンチふたつが置かれている小さなスペースに、先客がいないことを確認して愚痴の華を咲かせる。

「敬ってほしいわけじゃないんだけれど……」

ポケットに忍ばせていた小銭を休憩室の自販機へ投入し、甘めのカフェラテを買う。

「いずれにせよ、あの保守的すぎる仕事のやり方はよくないと思う」

ひと口含むと柔らかい甘さが口の中に広がり、やるせない私の心を癒してくれた。

ついでに、脳に必要な糖分もしっかりと摂取できたような気がする。

「俺は納得できません。なんでアイツが次の出世候補なんだろう」

続けて市ヶ谷くんが悔しまぎれに自販機のボタンをグーパンチ。コーラを取り出すと、乱暴に開け一気に飲み干した。

「……仕方がないよ。大株主の息子だもん。無下に扱うわけにいかないし」

「仕事の内容より父親の権力って、おかしくないですか？　俺、朱石先輩の方が、出世するには相応しいと思います。いつも誰よりも遅くまで残ってがんばってるし、人望もあるし、俺たち後輩の面倒見もいいし……」

悔しさを滲ませながらコーラの缶を強く握る市ヶ谷くんの姿を見て、胸の奥に温かいものが込み上げてくる。

「……ありがとう」

市ヶ谷くんにそう感じてもらえていたことがうれしい。

そして同時に悔しくもある。仕事に対する熱意は、私の方が上。内容にしたって、決して劣ってはいないはず。けれど。私がどんなにがんばったって彼にはかなわない。

「私にもコネがあったらなあ」

「すみませんね、コネ持ちで」

ため息をついた私の背後から、突然低い声が響いた。聞き覚えのある、冷静な声色。

私と市ヶ谷くんはその声に背筋を凍らせる。

恐る恐る振り返った先には、やっぱり。あの冷徹男・氷川流星の姿。

「お疲れ様です……」

気まずい表情で挨拶する私。一方の氷川さんは妬みもまったく気にならないといった様子で自販機のコーヒーを買っている。

余裕すら感じさせる態度。私なんか恐るるに足らずといったところなのか。

が、ここでちくりとひと言。

「そういえば、先ほどのプロジェクターの資料、表の数値が間違っていましたよ」

思わず頬を引きつらせる私。

「……ご、ご指摘ありがとうございます」

「他人の出自を妬む前に、完璧な仕事をしてみたらいかがですか？」

……ううう、悔しい。正論すぎて言い返せない。

漂う険悪な空気。が、それを払拭するかのごとく私たちの間に割り込んできたのは、市ヶ谷くんだった。

「どういうつもりですか、氷川さん！」

動じることなく食らいつく、怖いもの知らずの市ヶ谷くん。その度胸は若さ故だろう。

「今回のプレゼンも、あきらかに朱石先輩をつぶそうとしてましたよね⁉　先輩になんの恨みがあるっていうんですか⁉」

「恨みもなにも——」

氷川さんは顔色ひとつ変えず、淡々と答える。

「——それが仕事でしょう。それともなんです？　みんなで手を取り合って仲良く働きましょうとでも言うんですか」

「協力のなにが悪いんですか⁉　チームワークは大切でしょう」

「小学生ですか、君は」

氷川さんの眼鏡のレンズがきらりと攻撃的に光る。

「仲良しごっこをチームワークというなら、それは君の勘違いです。組織というものは、上に立つ絶対的な存在による抑圧から成り立つ。心をひとつにできるとすれば、理由はただひとつ。そこに賃金という報酬が存在するからです」

——お金のため？　それは違うよ、氷川さん。

たしかにお金のためもある。けれど、それだけではない。なにかを成し得る達成感とか、自分自身の成長とか、誰かの力になれる喜びとか。

そしてなにより、クライアントの笑顔。そういうもののために、私たちはこの仕事を選んだんじゃないの？

氷川さんはなに食わぬ顔で、ブラックの缶コーヒーを口にしている。その涼し気な横顔が余計に腹立たしくて、ひと言浴びせてやらなければ気が済まなかった。

「氷川さんの物差しで、私たちの労働意義を語らないでください」

私の言葉に、氷川さんの眉がぴくりと跳ねた。

「少なくとも私たちは、熱意を持って仕事に取り組んでいます。あなたとは違って」

氷川さんのコーヒーを飲む手が止まる。けれど、私はかまわず続ける。

「私は、あなたのような、気持ちの入っていない仕事をする人は大嫌いです」

眼鏡の奥の瞳が、すっと険しく、鋭くなる。

初めてかもしれない、こんなにも不愉快そうな氷川さんを見たのは。

機械のように心を動かさなかった彼が、私の言葉になにを思ったのだろう。

それでも、彼はすぐに冷静な瞳を取り戻した。

「あなたにどう思われてもかまいません。決断を下すのは上ですから」

つまり、このプレゼンの結果が私たちの勝敗を決めてくれると、そう言いたいんだろう。望むところだ。

「行こう、市ヶ谷くん」

「は、はい！」

私は市ヶ谷くんを連れ立って、氷川さんの横をすり抜け、休憩室を出た。

会議室に戻ると、小野田部長をはじめとする上層部の面々が悠然とかまえていた。誰の企画を採用するか、審査が終わったらしい。

壇上についたこの場における最高権力者、小野田部長が静かに挨拶を始める。

「今日は未来を感じさせる企画がたくさん登場した。実に有益な時間だったよ。珍しく眠気を忘れていた」

ははは、と会議室に笑い声が響く。

「この優秀な企画をこの場で終わらせてしまうのはもったいない。そこで、だ。とくに秀でたふたつの企画を実際にクライアントのもとへ持っていき、直接ジャッジしてもらおうと思う」

小野田部長の視線が、私の方を向いてうなずいた。

「朱石くんと、それから――」

そのまま視線が流れて、正面の男のもとへ注がれる。

「――氷川くん。君たちの企画のコンセプトは正反対だ。どちらがいいか、クライアントの好みに委ねるとしよう。ふたりには、クライアントのもとでもう一度プレゼンを行ってもらう。そこで改めて検討しよう。いいね」

――私と氷川さんの、ふたり!?

予想外の結果に驚き呆然とする私と、冷静な横顔を保ったままの氷川さん。

かくして。私たちの勝敗は、先延ばしにされたのだった。

数日後。クライアント先での再プレゼンを翌日に控えたこの日。

私と市ヶ谷くんは、朝っぱらから平山課長に怒鳴られていた。

「資材がまだ届いていないとはどういうことだね」

椅子から腰を浮かし拳をデスクに叩きつける平山課長。こめかみに青筋が立っている。薄くなった頭に汗の粒が浮き上がり、キラキラと輝いているが、そんなものを悠長に眺めている場合ではない。

現在進行中のプロジェクトにおいて、昨日届くはずだった資材が届かないというトラブルが発生したのだ。

担当したのは市ヶ谷くんで、ひいては彼の上司である私の責任だ。

氷川さんをかわいがっている平山課長は、意外にも氷川さんとは正反対の性格をしている。激情家というか、気分のむらが激しいというか、市ヶ谷くんいわく、沸点の低い『山頂のお湯』、あるいは、あっという間に沸く『瞬間湯沸かし器』。

とまぁ、軽口はこの辺にしておいて。

「俺にもさっぱり。発注はちゃんと済ませたはずなのですが」

言い訳じみたことを言う市ヶ谷くん。これはいけない。事実なのかもしれないが、仕事でそれは通用しない。課長の怒りを煽（あお）るだけだ。

「申し訳ありません。私の確認漏れです」

咄嗟にかばった私を、市ヶ谷くんが呆然とした瞳で見た。

彼だってかばってもらいたくなんかないだろう。でも、これはそういう状況だ。

「謝って済む問題じゃない。今日中に調達しなければ。我が社が原因で遅延が発生し損害賠償にでもなったら大変だ！」

そうだ、この平山課長、氷川さんとひとつだけ似ているところがあった。

リスクと失敗をなにより嫌う、うんざりするほどの保守派ということ。

部長や課長などの役職者の席は、部内を見渡せる場所、フロアの一番奥にある。全体を監視下に置き、かつ、全社員に呼びかけやすい配置。朝礼でいうところの校長先生のポジションだ。

ここから発せられる声は、全社員のもとへ届く。つまり、課長の怒鳴り声は部内全域に響き渡り、私たちは晒し者というわけだ。

フロア全体が気まずそうに伏せている。誰もかばい立てなどしない。皆一様に黙ってこの粛清（しゅくせい）が終わるのを待っていた。

が、しかし。

「お言葉ですが、課長」

平山課長の怒りの独壇場に一石を投じたのは、私と市ヶ谷くんのどちらでもない。

寒色のスーツに身を包んだ長身の男性がゆっくりと近づいてきて、私の横に立った。

氷川さんだ。

「ふたりへのお怒りはごもっともですが、まずは対処方法を考えなければ」

氷川さんの姿を見た平山課長が、少しだけ冷静な顔になった。

「ああ、氷川くんか。すまないね。巻き込んでしまって」

平山課長が額に手を置き、ふるふると首を横に振りながら席に着く。先ほどとはうって変わって、冷静な空気が周囲を包み込む。

平山課長のお気に入りの氷川さんが出てきたことにより、いったん場が収まった。

それにしても、突然しゃしゃり出てきていったいどういうつもりなんだろう……？

私は横目で睨むけれど、当の本人は気づいているのかいないのか、私の方を見ようともしない。

氷川さんは平山課長へ向かって、淡々とした口調で提案する。

「至急資材を手配しましょう。突発の対応が可能な業者をいくつかピックアップしておきます」

「それができれば苦労しないよ氷川くん。探している資材はその辺に出回っているものと訳が違う。特注品なんだ」

「融通の利く業者に何件かあてがあります。リストアップして渡すので、市ヶ谷くんにあたってもらいましょう」

氷川さんが市ヶ谷くんの方に目を向けた。

「頼めるね。市ヶ谷くん」

「は、はい……」

戸惑い混じりに答える市ヶ谷くん。彼もこの状況を訝し気に思っているようだ。

氷川さんが再び部長に向き直り、顎に手をあてながら静かにつぶやく。

「それでも無理なようであれば、特注品はあきらめて一般の資材を使った方がよいでしょう。遅れを引きずるよりは、妥協してでもこの場で収めてしまった方がリスクを軽減できます。後々なにか起きたときに、クライアントに攻め入る隙を与えることになってしまいますから」

「うむ。君の言う通りだ。やむを得んな」

あっさりと氷川さんの意見に賛同する平山課長。

またリスク？　なんなんだこの保守派たちは。

トラブルを避けることよりも、クライアントの要望に応えることの方が大事じゃないの？　妥協？　冗談じゃない。

「ちょっと待ってください！」

大きな声で異を唱えた私に、周囲の視線が集まった。

「この資材は今回のコンセプトの核です！　これを妥協してしまっては、プロジェクトは大義を失ってしまいます！　業者に確認したところ、今日は無理でも、五日後には改めて納品できるとのことです。ここは待ってみてはいかがでしょうか！　五日分の遅れは、今後取り返します」

私の言葉に氷川さんが冷ややかな瞳をした。

「五日分の遅延が、いったいどれだけの損失に繋がると思っているんですか？」

私はうっと息を呑む。

五日遅れるということは、人件費、機材のレンタル代、場所代、キャンセル代など追加の料金がかかるわけで。それだけで何百万、何千万、それ以上に膨れ上がることもある。たった五日の遅延が大損害を生み出してしまうのだ。

そしてなにより一番痛いのは、顧客からの信頼が失われるということ。

でも……。

「リカバリ、してみせます」

百パーセントできるとは言えないが、ここは引いてはいけないところだ。このプロジェクトを大団円で終わらせるために。

場に沈黙が訪れる。私の迫力に気圧される平山課長。なにを考えているか分からない氷川さん。

沈黙を破ったのは氷川さんだった。

「好きにしてください。私には強制的に命令する権限はない」

説得を無駄と悟ったのか、そう言い残し氷川さんが回れ右をする。引き下がってくれたことに、私は正直、ホッと胸をなで下ろしていた。

しかし、安心したのも束の間、突然歩を止める氷川さん。

「あなたは先日、私のやり方が嫌いだとおっしゃいましたね。『気持ちが入っていない』と」

私たちに背を向けたまま、肩越しに振り返る。

「私も……あなたのやり方が嫌いです。すべて気合いでどうにかなると考えているような、感情剥き出しの仕事のやり方は」

突き刺すような鋭い視線で一瞥し、氷川さんは私のもとを去っていった。心の中にもやもやとしたものが残る。

どう思われてもかまわないと思っていたのだが、面と向かって嫌いと言われると、さすがに堪える。

平山課長から解放された私と市ヶ谷くんは、すごすごと自席へ戻った。

「すみませんでした。朱石先輩」

市ヶ谷くんはすっかりしゅんとしてしまっている。普段元気な分、見ているこっちが痛々しい。

仕事はまだまだ完璧ではないし、ちょっと短絡的なところもあるけれど、責任感の強いいい子なのだ。これにこりず失敗を糧にして、大きく成長してほしいところだ。

「大丈夫。それより、トラブル対応の方、お願いね」

間を置いて氷川さんが私たちのもとへやって来た。手には一枚の紙。先ほど話に出た業者のリストだ。

市ヶ谷くんはそれを受け取りながらも、顔は氷川さんへの不信感でいっぱいだった。

「……どうして、こんなことをしてくれるんですか？」

「どうして、というと？」

「氷川さんにはまったく関係のないプロジェクトじゃないですか。どうして助けてくれるんですか」

「無関係というわけではないでしょう。同じ部内のプロジェクトです」

抑揚のない声で答えた氷川さんが、今度は視線を私の方へ向ける。

「明日のプレゼン本番までには解決してください。不戦勝などしたくない」

そう言い残し私たちのもとを去っていく。

ひょっとして、そのために手を貸してくれたのだろうか。明日のプレゼン勝負のお膳立てをするためだけに……？

よっぽど私を真っ向から叩きつぶしたいのか。それとも――

「――とりあえず、市ヶ谷くん。そのリストに載ってる業者に片っ端から連絡してみよう。私も手伝うから」

「はい！」

私たちは電話機を手に取り、しらみつぶしに連絡を取った。

眼鏡の下の意地悪な瞳

朝からどんよりとした雲に覆われていて、なんとも気持ちの悪い空色だった。

まだ雨は降っていない。早足で歩きながら、なんとか目的地にたどり着くまでこの曇り空が保ってくれるようにと祈った。

私——朱石光子と、氷川流星、小野田部長、平山課長は、いざ勝負のプレゼンを仕掛けるべく、『ジュエルコスメ』本社へと向かっていた。

昨日のトラブルは、終日かけて対応にあたったこともあり、なんとかことなきを得た。

それもこれも、氷川さんがくれたリストがあったおかげ。お礼を言わないわけにはいかない。

「……昨日はありがとう。助かりました」

少し前を歩いている氷川さんのもとへ、私は駆け寄った。

「無事納入する目処が立って、一安心、ってところです」

安堵の笑みを浮かべる私とは反対に、氷川さんの反応は冷ややかなものだった。

「……徹夜だったそうですね」

不愉快そうに一瞥して顔をしかめる。

「ええ」

 はは、と私は失笑する。

「業者はすぐに見つかったんですが、契約と発注に時間がかかってしまって。なにしろ、特注品ですから。直接業者に赴いて話を通していたら、結果的に夜中になってしまったんです。でも、業者側が徹夜で対応してくれたおかげで、今日の夕方には納入できるそうですよ」

私が徹夜になってしまった経緯を説明するも、氷川さんはたいして興味がないというふうに聞いていた。が、聞き終えてから最後にひとつ、感想を漏らした。

「……それくらい、部下に任せればいい。そんな末端の作業までいちいちあなたが出ていては、時間がいくらあっても足りないでしょう。それとも、あなたの部下はそんなことも任せられないほど不出来なのですか」

「……なっ」

非難が突然市ヶ谷くんにまで波及して、私はぎょっとする。

「トラブル対応なんだから、上司が出るのはあたり前でしょう⁉」

「それにしたってあなたは女性なんですから。そんな仕事の仕方では、体力が持ちませんよ」

「は、はい……？」

突然〝女性〟であることを持ち出されて、私は面食らう。

今さら、だ。この業界は徹夜なんて珍しいことじゃないし、今までだってさんざん経験してきた。徹夜が嫌だなんて言っていたら、男だろうが女だろうがここでは生きていけない。彼だってそんなこと百も承知だろう。

……ひょっとして、私が女だからって、なめている……？

性別をネタにした嫌味だろうか？　そう思ったら、頭にカッと血が昇った。

「……女性だからって馬鹿にしないで」

「は？」

私の反論に驚いたのか眉根を寄せる氷川さんを、敵意剥き出しに睨み上げる。

「そういうの、性差別っていうんじゃない!?　私はちゃんと一人前の働きをしているつもりです！」

「……そういうことを言っているんじゃ――」

「それに、ちゃんと朝帰ってシャワーを浴びてきたし着替えだってしたし、女性としての美意識の怠慢も――」

「――ですから。そういう問題では」

私は横を歩く氷川さんを振り切り、先を急いだ。これ以上話すのは時間の無駄だ。

私と氷川さんがなにを語り合っても理解し合うことなんて不可能。

決着は仕事でつけるべき、である。それがなによりも説得力のある答えになる。

大丈夫、この日まで精いっぱいやってきたんだから。あとは自分を信じるしかない。


そして決戦のとき。

化粧品メーカー『ジュエルコスメ』が抱える地上四十階にもなる高層ビル。その上層階にある巨大な会議場に私たちは通された。

はっきり言って、異例の対応である。

前回のプレゼンは、下層階の、テーブルと椅子が数対置かれた小さな応接室だった。

これほどまでに大規模な会場を用意してもらえたことはない。

ましてや、高層階は企業の中枢であり、権力の象徴――クライアントが今度の案件を、いかに重要に感じているか如実に表れていた。

やがて会議場に続々と先方の社員たちが入ってきた。

最後に現れたのは、何度か写真で見たことがある。この『ジュエルコスメ』の最高責任者。新藤社長——。白髪と深い皺が刻まれた、とうに定年を超えているであろう老君。それでも『まだまだ現役だ！』と言わんばかりにぎらついた顔をしている。難しい表情と意思の強そうな瞳を携えて、会議場の中央に腰を据える。

それを目にした私たち『美倉広告企画』陣営は、動揺していた。大手企業のたかだか一商品の企画会議。通常であれば担当部長と営業、マネージャー、そのほか下っ端数名が参加するような会議であるはずなのだが。社長が直々にお出ましするとは。

設立二十周年の記念ＣＭ——それほどまでに気合いが入っているということか。

両手を口もとで組んだ新藤社長が、威圧感たっぷりのよく通る声で、始まりのゴングを鳴らした。

「さあ。聞かせてもらおうか」

＊　＊　＊

「申し訳ありません。私の調査不足でした」

帰り道、駅までの道のりを歩きながら、氷川さんが小野田部長へ謝罪した。

「あの状況は誰にも予測できなかったよ。運が悪かったとしか言えない」

平山課長も、沈痛な面持ちでため息をついた。

「まさか、社長が『合成は嫌だ』の一点張りとはなぁ」

その場の全員が、覇気のない苦笑いを浮かべた。

お年を召した社長であった。失礼を承知で言えばステレオタイプの頑固親父である。

氷川さんの〝全面的にCGを使った革新的な一手〟が受け入れられず、プレゼンするまでもなく私の〝本物ならではのクオリティ重視〟案に決定した。

「いやいや、私はね、氷川くんの企画も素晴らしかったと思うよ」

「今回はタイミングが悪かった」

「……申し訳ありませんでした」

前を歩く小野田部長、平山課長、氷川さんのどんよりとした空気をうしろで見つめながら、私自身も拍子抜けしていた。

これじゃあ、勝負もなにもない。私の企画と氷川さんの企画、吟味した上で選んでもらいたかったのに。不完全燃焼だ。

私は氷川さんのリスク回避に重点を置く考え方は嫌いだが、決して企画自体を非難するつもりはない。十分優れたものだと思う。評価されるべきものだ。

それを、タイトルひとつで切り捨ててしまうなんて、あんまりだ。

けれど、一番悔しかったは氷川さん自身だろう。お役所仕事とはいえ、こんな決着のつけられ方、不本意に決まっている。

夕方が近づき、空が暗灰色に染まり始めた。

同時に、雨雲がゴロゴロと音を立てる。そろそろ雨が降り出しそうだ。

「久々にコレ行きますか」

「いいですねぇ」

小野田部長と平山課長が親指と人差し指を傾けながら酒を交わす仕草をする。

「君たちはどうする？　一緒に来るかい？」

振り返った彼らに、氷川さんは丁重に断りを入れた。

「せっかくですが、急ぎの仕事が残っておりますので、一度社に戻ります」

そこへ私も便乗することにする。

「同じく、社に戻ります」

「そうかい、悪いねぇ、あまり無理をするんじゃないよ」

言葉とは裏腹にたいして悪びれるふうもなく、部長と課長は夕闇のネオン街へと姿を消していった。

残された私と氷川さん。ちらりと横を見ると、冷たい瞳が待ち受けていた。

「あなたは家へ帰りなさい」

「……え？」

「徹夜明けでろくに寝てないのでしょう」

「け、けど、まだ仕事が残って――」

言っておくが、私の方が先輩である。まぁ、歳はひとつ下なのだが、それでもキャリアは私の方がひとつ上だ。なのになんだ、この偉そうな命令口調は。

そんなことを言い合っている間にぽつり、ぽつりと雨が降り始めた。あっという間に本降りになり、傘がなければつらいほど勢いを増す。すぐさま地面が真っ黒な染みで覆いつくされ、私たちは慌てて近くにあったオフィスビルの陰に飛び込んだ。

「ひどい雨」

「まったくです」

氷川さんがバッグの中から黒い折りたたみ傘を出し、留め金を解く。

私はというと、残念ながら傘を持ち合わせていない。

氷川さんが、胸もとでバッグを握りしめて小さくなっている私の様子に気づいた。

「……もしかして、こんな天気の怪しい日に傘を持ってこなかったんですか」

「……朝は降ってなかったですし」

「降りますと言わんばかりの曇りだったでしょう」

嘆かわしい、という顔で文句を言いながらも、私の頭上に傘を広げた。

「ほら、行きますよ」

「……もしかして、一緒に入ろうって言ってます？」

「行く先は同じでしょう」

氷川さんが私に身を寄せてきた。傘の中に、私と彼の体がすっぽりと収まる。今まで経験したことのない至近距離で、私の左肩と彼の右腕が触れた。

「だ、大丈夫ですから‼」

私は慌てて彼の傘から逃げ出した。

ビルの陰から飛び出してしまったせいで、頭上から打ちつける強い雨がダイレクトに私を濡らしていった。あっという間に全身を冷やりとした水の重みが包む。

一方、私に大袈裟なリアクションで嫌がられた氷川さんは、目をぱちくりさせていた。

「全然大丈夫じゃないでしょう！　ほら濡れている、早く入ってください！」

「い、いいえ、これくらい平気です！」

「じゃあ、これを」

氷川さんが傘の持ち手を私の方へ差し出した。

今度は氷川さんの体が傘からはみ出して、あっという間にスーツがびしょびしょになってしまった。

「一緒に入るのが嫌なら、あなたが使ってください」

「な、なんで……？」

「あなただけ濡らすわけにはいかないでしょう」

うんざりとした顔で氷川さんが言った。

「私のことをどんな人間だと思っているか知りませんけれど。雨の中、傘を差さずに濡れている女性をなんとも思わないほど冷たい人間ではないんですよ」

不機嫌に優しいことを言う彼に、私の頭は混乱する。嘘みたいに親切だ。なにか企んでいるのではないかと疑ってしまう。

でも、たとえ純粋な親切心だとしても、彼と仲良く相合傘は――できない。

やりたくても〝できない〟理由があるのだ。

「本当に、必要ないですから！」

私は逃げるようにその場を飛び出した。

　さすがに彼だって、走る私を追いかけてきたりはしないだろう。

　彼の静止を振り切って、道行く人の群れをすり抜け、オフィス街をひた走る。

　が、信号にぶつかって止まることを余儀なくされ、そこにあっさりと傘を持った氷川さんが追いついてきた。

「なんで逃げるんですか！」

「ついてこないで！」

　あまりにも強情な私の態度に、さすがの氷川さんも口もとをひくつかせる。

「……素直に受け取ればいいものを。まったく、かわいげのない人ですね、あなたは」

「よ、余計なお世話です！　放っておいてください！」

　親切を余計なお世話とまで言われ、さすがの氷川さんも沈黙した。ふう、と小さく嘆息し、口の端を嫌味ったらしく上げる。

　あきれているのかと思いきや――

「あなたは本当に、私のことが嫌いなんですね」

　それは自嘲。落胆を含んだ、悲しい笑み。寂し気な瞳。

　あ……もしかして、傷ついた？　私の胸の奥が、ぐらっと揺れた。

次の瞬間。

背後から強い光が射した。鋭いクラクションの音。

「危ない！」

私が立っていた横断歩道ぎりぎりのところを、猛スピードの車が水飛沫を上げて駆け抜ける。

すんでのところで氷川さんが、私の腕を掴み取り自分のもとへと引き寄せた。

「きゃっ！」

勢いのまま胸もとに衝突してきた私を、氷川さんがしっかりと抱きとめる。彼の手にしていた傘が小さな音を立てて地面へと転がり落ちた。

私たちは抱き合った姿勢のまま、強い雨に晒される。全身に打ちつける雨の冷たさが痛い。それ以上に、彼の腕が温かくて優しい。

「……大丈夫ですか？」

頭の上から声がして、止まっていた思考が動き出した。

私の頬に触れる彼の胸。少し硬くて、思った以上に逞しい。耳を震わす鼓動の音は私のものか、それとも彼か。

私と彼のその距離、ただいまゼロセンチ。

――嫌だ――

今にも全身が震えだしそうだった。

けれど、嫌がることすらままならず、ただ彼が手を放してくれるのを待つことしかできなかった。

それなのに、彼は一向に私の体を解放してくれない。それどころか、雨からかばうようにぎゅっと強く抱き寄せる。

今、恐怖で心をかき乱していることを彼に悟られてしまわないように、息をひそめて押し殺した。

いくら強い女を演じていても、ひとつだけ、ごまかしの利かない弱点がある。

――男性が、怖い――

きっかけは高校生の頃にまで遡る。好きでもない男の子に襲われたのだ。

放課後の誰もいない理科準備室で、体を無理やり押さえつけられ、服を脱がされそうになった。

大声で泣き喚いたから、通りがかりの先生に助けてもらえたけれど、もし誰にも気づいてもらえなかったら私は……そう思うと今でもぞっとする。

それ以来、男性に触れられると、あのときの恐怖がフラッシュバックする。声が出なくなり、震えが止まらなくなる。まばたきすらままならなくて、壊れた人形のように動けなくなる。

そう、今みたいに。

「朱石さん……？」

突然身を硬くして黙りこくる私を見て、さすがの氷川さんも異変に気づいたようだ。心配そうな声で私の顔を覗き込む。

私はうつむき、ぎゅっと唇を噛みしめ視線に耐えた。今にも口もとが震えだしそうだ。大丈夫だと分かっているのに、恐怖心が抑えられない。

氷川さんは雨粒だらけの眼鏡が邪魔なのか、そっとはずしてスーツの胸ポケットに押し込んだ。

「ああ……もうびしょびしょだ」

鬱陶（うっとう）しそうに見えたのだろうか、水を滴らせ張りつく私の前髪までも、そっと横にかき分けてくれる。

額をなぞった彼の指先の感触に、鼓動がいっそう強く速く走り出す。それはもう、呼吸困難寸前ぐらいに。

けれど、咄嗟に見上げてしまった視線の先にあった彼の瞳が、それ以上に衝撃的だった。

思えば、眼鏡をはずしたところを見るのは初めてかもしれない。少し垂れ気味で艶っぽい瞳。きめ細やかな白い肌と重なって、男性にしておくのはもったいないくらい麗美。それが、三十センチと離れていない距離にある。それだけで、女性が言葉を失うには十分だろう。

ドクン、ドクン、と。体の奥深くで、強く深い鼓動が刻まれる。それは、先ほどまでの忌まわしい感覚とは違っていた。

……あれ？

背中に回る腕、お腹に触れている少し骨っぽい体、私の全身をすっぽりと覆い隠してしまうような背の高さ。

真っ青だったはずの顔色が、急に血が巡りだしたみたいに真っ赤に、熱を帯びてきて。なんだかちょっと、体がおかしい。

「本当に、大丈夫ですか？」

彼の言葉で、ハッと我に返った。私、今、なに考えてた？

「具合でも悪いのでは？」

彼が私の顔色を見ようと、両肩を持ち、少しだけ体を離した。

やっと離れた、と思いきや。

「……あ」

驚いたようにつぶやきを漏らし、再び私を抱き寄せる。

「……っ‼」

「下着が、透けてる」

「……へっ⁉」

私は顎を引いて自分の胸もとを覗いた。大きく開いたジャケットの胸もとから見える、びっしょりと濡れたシャツ。その下に身に着けている真っ赤なブラジャーが透けていたのだ。

「きゃあっ！」

今度はこちらから氷川さんの胸に飛びついた。まさか、前を隠さなければという本能が、男性に対する恐怖心を上回ってしまうなんて。だって、人ごみの最中、下着姿を晒すなんてあり得ない！

「大丈夫。前さえ隠していれば見えませんよ」

氷川さんが私をなだめる。それでも縮こまって震えている私を見て、やれやれといった感じでスーツのジャケットを脱ぎ、肩へとかけてくれた。

「ここからタクシーで十五分ほどのところに、私の家があります。着替えて、服を乾かしましょう」

彼の提案に私は首を縦に振るしかなかった。


案内された先は、駅に直結した高層マンションだった。

エントランスに入ると、そこは天井の高い広々とした空間で、右側には応接用のソファが、左側には制服を着たコンシェルジュの常駐するカウンターがあった。

どうみても高級マンションだ。サービスや立地から鑑みるに、たとえ単身向けにしても月の家賃二十万は下らないだろう。

「……氷川さん、ここ、ご実家ですか？」

「まさか。ひとり暮らしですよ」

『まさか』の意味がよく分からない。むしろ実家だと言ってほしかった。こんな経済力、住む世界が違うと見せつけられているようなものだ。

部屋のある三十階にたどり着くまで、氷川さんは私の前に立ち人目をかばい、注意を払いながら歩いてくれた。大嫌いな氷川さんと紳士な態度。うまく結びつかなくて複雑な心境だ。

玄関を入ると廊下があって、両側にそれぞれドアがあった。ひとつは開け放たれていて、ちらりと覗くとバスルームになっていた。もうひとつのドアはきっとトイレだろう。

廊下の先にはひとり暮らしにはもったいないほどの大きなリビングがあって、奥にも扉があり、きっと寝室なんだろうなと思った。そして、窓の外には都心を一望できる圧倒的な眺めがあった。

「氷川さん、聞いてもいいですか?」

「はい」

「ここのお家賃は、どうやってお支払いしているんでしょう」

「ああ、趣味で株と投資信託、それから為替を。配当金の一部を家賃に充てています」

お父さんに買ってもらいました、なんていう甘っちょろい答えを期待していたのに。文句のつけようのない返答をされてしまい、困惑する。

リビングの中は、男性にしては十分綺麗な方だと思うが、割と人間味のある散らかり方をしていた。

ソファの上に雑誌が転がっていたり、ローテーブルの上には朝飲んだであろうカップが置きっぱなしだったり。

機械人間の氷川さんのことだ、徹底的に掃除された綺麗な部屋を想像していたのだが、こうしてみると割と普通の男の子に見えて、ちょっと驚いた。

「まずシャワーを。タオルと代わりの服は用意しておくので」

そう言って氷川さんは、雨に濡れた私をバスルームへと押し込めた。言われた通り、冷え切った体をシャワーで温め、用意してくれていた彼のものであろうダボダボの部屋着に体を包む。

ブラがびしょびしょで着けられないのには絶望的な気分になった。ノーブラで男性の家をうろうろしていいものだろうか。それでも、アンダー側の下着は雨の被害を受けておらず、不幸中の幸いといったところか。

締めつけるものを失い不安定になった胸がバレないように手を体の前でクロスさせ、恐る恐るバスルームを出た。

廊下の先にあるリビングを覗くと、すでにスーツを脱いで私服に着替えた氷川さんがキッチンに立っていた。首には白いタオル、髪からはまだ雨の雫が滴っている。

トレードマークの眼鏡も今はしていない。キッチンカウンターの奥から、彼がこちらに気づきちらりと目線をよこした。

「服、大丈夫？」

「ちょっと……緩いです」

「というか、だいぶ、だね。しばらくそれで我慢して」

彼がキッチンから出てきて、湯気の立つティーカップをふたつ、ソファの前にあるローテーブルへと運んだ。

「楽にしてて」

ソファに私を促しながらやわらかく微笑んだ彼は、なんだか別人のようで、ほうっと惚(ほう)けてしまう。

眼鏡をかけていないからだろうか。それとも私服だから？　なんだか違和感がする。

冷徹で、生意気で、見ているだけでいらいらするはずの彼なのに。

やわらかくて、優しそうで、ずっと見つめていたくなるような美しいシルエット。

いつもと違うその印象に、さっきとは違った意味で鼓動が少しだけ速くなる。

私の知っている氷川さんと目の前の彼が結びつかない。私は落ち着きなくそわそわと自分の肩をさすった。

「服、乾燥機にかけてこようか」

そう言ってリビングを出る氷川さん。バスルームでカタカタと音がする。濡れてしまった服を干してくれているのだろうか。

「あっ！」

大変なことを思い出して、私はソファから立ち上がった。

ブラも置きっぱなしだったんだ……

男性に下着を干してもらうなんて、しかも彼氏でもなんでもない、ただの同僚に——だらしがないにもほどがあるだろう。

慌ててバスルームへ走り出そうとしたとき、ちょうど一仕事済ませた氷川さんがリビングに戻ってくるところだった。

しまった、遅かった。絶望的な気持ちになりながら、私はもごもごと口を開いた。

「あの……その……し、下着……み、見た？　見たよね？　ごめんなさい……あんなもの無遠慮に置いといて……」

恥ずかしさに体中が熱い。うつむいて顔を上げられなくなっていると、ふっ、と小さく笑う声が聞こえた。

「情熱の赤。意外と派手なんだ」

「あ、あれはっ……！　その……！」

顔から火が出そうだった。たぶん今、私の顔も耳も、あのブラと同じくらい赤くなっていると思う。

「ち、違うの！　普段は、あんなのなんか！　その……今日は、勝負だったから……」

「勝負？　これからデートかなにか？」

「いや……あの……プレゼンの、勝負が……」

「プレゼンって……」

氷川さんが間抜けな声で私の言葉を反復した。

「あははは！」

しばらく絶句した後、突如お腹を抱えて笑い出した。

「勝負ね、勝負か。なるほど。あはは。まるで試合前のアスリートみたいだ」

目に涙を浮かべて破顔する機械人間。もうおかしくておかしくて仕方がないといった様子で身をよじる。

「……そこまで笑わなくても」

「ああ、ごめん。悪い意味じゃない」

笑いを噛み殺し上っ面で謝罪するも、ごめんなんて思っていないのがバレバレだ。

ああ、もう最悪だ。下着は見られるし馬鹿にされるし。

唇を噛んで目を伏せると、私の方へ歩み寄ってきた氷川さんが正面で腰を屈めた。

背の高い彼が、うつむく私を下から見上げる。

そして、ぱちりと視線が重なったところで、やわらかく微笑んだ。

「……前言撤回する。かわいげがないなんて言って悪かった。あなたは十分かわいらしい」

「……なっ！」

かわいい？　かわいいって言った？　あの普段ぴくりとも笑わない、血の代わりに電気か燃料でも流れていそうな冷徹機械人間の氷川さんが⁉

「馬鹿にしてます？」

「褒めてるんだけど？」

心外だなあという顔で目をぱちくりさせる。

だって、馬鹿にする以外に、氷川さんが私に本気で『かわいい』なんて言葉をかけるはずがない。

あるいは、またいつもの嫌味の一種かもしれない……と膨れっ面で背中を向ける、

「普段はバリバリ仕事してるあなたが、実は運命とか神様とか信じてる感じ。なんだか女の子っぽくてちょっと意外で、かわいらしいじゃない」

かわいいの内訳ついて律儀に答えてきた彼。ちらりと振り向いた先に、悪意のない

やわらかな笑みがあって、ぎょっとする。

私の知る氷川さんは、こんな顔しないはずだし、女の子へ向けて『かわいい』なんて単語を軽々しく使うようなやつじゃない。

戸惑う私の肩に、そっと彼が手を掛けた。

「誉めたんだから、もう少しうれしそうな顔してよ。ほら、俺の方向いて」

強引に体を正面に向けられ、ふいに顎をすくい上げられた。彼の指先の感触に、再び全身を恐怖が絡めとる。

けれど。持ち上げられた顔の先にあったのは、底知れぬ漆黒の瞳と、目眩がするほど甘い表情。

今日、呼吸を忘れたのは何度目だろう。気が動転しすぎて、膝の力が抜けた。よろけて、ソファの上に崩れ落ちる。

「おっと、大丈夫？」

バランスを崩した私の背中に手を回し、咄嗟に支えてくれようとした彼。なのに。

「さ、触らないで！」

そんな善意の手を、私は弾いてしまった。

深く考えてのことじゃない、過去のトラウマで防御反応が働いてしまったのだ。

けれど、そんな事情を知るよしもない氷川さんは、驚きに目を見開いて、動きを止める。

私に言われた通り、いや、それ以上に。ゆっくりと三歩うしろに下がり、私と距離を取った。

「俺に触れられるの……そんなに嫌なんだ」

「……え?」

氷川さんが目を伏せて、自嘲する。まただ。差し出された傘を突き返したときのように、落胆を滲ませて、悲し気にゆがむ瞳。

「昼間も、そうだったね。拒絶したり、逃げ出したり……。一緒の傘に入るのも嫌なくらい、俺のこと嫌いなわけだ」

「氷川さん……?」

「まぁ。あなたが俺のこと嫌ってるのは知ってたし。俺もあなたのことなんか嫌いだし。おあいこだね」

ものすごく投げやりな口調。不機嫌そうに頬を膨らませて、腕を組む。

「あ、あの、氷川さん? 怒ってますか?」

ソファから立ち上がり、恐る恐る覗き込んでみる。

「ぜんっぜん」

あきらかにむくれて目を逸らす。いや、完全に怒ってますよね……？

仕事上のトラブル対応とか、怒った顧客のなだめ方ならいくらでも分かるのに。氷川さんのご機嫌の取り方なんて、さっぱり分からないよ……。

仕方なく、私は必死に弁解を試みる。

「き、嫌いっていうのは……その、仕事上の話であって」

「あれだけ俺の手を勢いよく弾いといて、今さらフォローとかいらないんだけど」

「さっきのは……急に男性に触れられたから、びっくりして……」

「さんざん男に囲まれているくせに。ちょっと触れられたくらいで驚かないでしょ」

「囲まれてなんか！」

いったい彼はどんな目で私を見ているんだ。男をはべらせているとでも思っているのか？　実際は真逆なのに。

「仕事上、周囲に男性が多いだけで、プライベートは別だから！」

「男なんか怖くないみたいな顔して、なに言ってるの」

たしかに、仕事仲間からの評価は〝強くて逞しい男に負けない女〟になってしまっていた。でもそれは気を張っているからで、仕事以外の会話をするのは苦手だし、男友達だっていない。もちろん彼氏なんて生まれてこの方いたこともないし、そもそも男の人が――。

「怖いよ！」

思わず叫んでしまって、あ、と口を押さえた。

馬鹿正直に男性が怖いなんて言ってしまったことを後悔し始めたところで、やっと氷川さんが私の方を見た。

「俺のこと、怖い？」

突然彼が間合いを詰めてきて、私の腕を掴み上げた。

「きゃっ」

ふたりの足がもつれ、ソファの上へと倒れ込む。やわらかな背もたれに、私の頭が勢いよく沈み込み、その上から彼が覆いかぶさった。天井の照明を彼の体が遮って、私の上に影を落としている。

「嫌いな男に襲われるのは、どんな気分」

逃げ道を塞いだ彼が、私にぐっと顔を近づけた。

「こういうとき、経験豊富な朱石光子ならどう切り抜けるか、教えてよ」

鋭い瞳で射貫かれて、まるで体中を杭で打ちつけられたかのように動けなくなる。

ただ見つめ返すだけしかしない私を見て、氷川さんが瞳を細める。

「抵抗しないってことは、なにをしてもかまわないってことかな？」

彼の顔が、体がいっそう近づいてくる。

もうひとつになってしまいそうなくらいに。

その瞬間、過去の記憶がフラッシュバックしてきた。

誰もいない理科準備室。逃げる私の髪を掴んで棚に押しつけてきた男の子の浅ましく野卑（やひ）な瞳。

ついに腕がガタガタと震えだし、氷川さんもそれに気がついたようだ。涙目で蒼白している私を見て、眉根を寄せる。

「……怯えてる？」

「っ怯えてなんか！」

強がりにもならない、震えて上ずった言葉じゃ説得力の欠片もなかった。

「ふーん。そう……」

氷川さんが、口の端をニヤリと嫌らしく上げる。

「じゃあ、どこまでいけばギブアップするか、試してみようか」

そう言うと、私の肩を押さえつけ、首もとに顔を埋めた。

吐息の湿った感触。声にならない声。やわらかなものが伝い、頭の中が真っ白になる。

もがく私の腕があっさりと押さえつけられる。

恐怖と緊張と恥ずかしさで荒くなってしまった私の呼吸を感じながら、彼は恍惚の表情を浮かべた。

私の頬を、そっと唇が這う。ぎゅっと目をつむって顔を逸らしたら、ふっと嘲るような彼の笑い声が聞こえた。

「ふふ。そんな顔されると、余計にいじめたくなる」

氷川さんの唇が私の耳に触れる。びくりと体が震えてしまい、彼はよりいっそううれしそうにした。

「どうしてだろうな。あなたのこと、大嫌いで仕方がないのに、触れたくなるのは」

百メートルを全力で走っているときのように、心臓がバクバクと音を立てていて、うまく呼吸が続かない。

言葉を発することができず、抵抗すら示せない私に、氷川さんの行動はエスカレートしていく。

「もっとひどいこと、しちゃおうかな」

挑発的な、氷川さんの瞳が、あのときの悪魔とダブって見えた。

やっぱり男の人なんて嫌い。氷川さんのことも、大嫌い。

限界だった。張り詰めた弦が切れるかのように、表面張力でぎりぎり保っていたコップの水があふれ出すように。

私の瞳が、大粒の涙をこぼし始めた。

それを見た氷川さんの指が、動きを止める。

しまった、という顔だった。

「分かった、分かったから」

氷川さんは私から手を離し、そっと立ち上がる。もうしません、とでもアピールするように手を上にして、降参のポーズを取る。

それでもまだ泣き続ける私を見て、ちょっと焦ったように決まりの悪そうな顔をして――。

「……ごめん。やりすぎた」

「ご、ごめんっ……て――」

まだ走り続ける鼓動と荒くなった吐息で、私は絶え絶えに叫んだ。

「謝って、済む、問題じゃ……っ！」

手の甲で瞳を拭いながら声を荒げる。彼の体が離れてちょっと強気になるけれど、それでもポロポロとあふれる涙は急には止まらない。

うっ、ひくっ、っといつまでも嗚咽を漏らし続ける私に、苛立ち始める氷川さん。

「そんなに嫌なら、もっと怒鳴るなり暴れるなりしてくれればよかったのに。無抵抗だったら、誰だって勘違いするだろう。仕事で俺に歯向かってくる威勢のよさはどこにいったんだよ」

終いには逆ギレとも取れる口調で噛みついてきた。

「――あなたこそ昼間とは別人じゃない！　女性に興味なんてなさそうな顔して、襲ってくるなんて！」

「言いがかりだよ。仕事中、女性に興味がある顔なんてできると思う？」

「じゃ、じゃあ、敬語は⁉　あと、眼鏡も！」

違和感の正体にやっと気がついた。普段は嫌味なほど丁寧な敬語が、どこかへ消えてしまっている。それから眼鏡も一向にかける様子がない。

このふたつが欠けてしまった氷川さんは、なんだか別人みたいで、どう接したらよいのか分からなくなる。

「仕事とプライベートは違うって、さっきあなたが言ったんでしょう」

さらりと交わされて私はうっと呻きを漏らす。減らず口だけは昼間と変わっていないようだ。

それに、と氷川さんがつけ加えた。

「眼鏡はダテだから」

「は？」

「度が入っていないから、かけてもかけなくても変わらない」

「なんでそんな……」

「女避け。真面目そうにしていると、話しかけられなくて済むでしょ」

たしかに氷川さんのルックスは、眼鏡をしている今でも人気が高く、女性社員はすれ違うだけでほうっと息をつくくらいだ。知的で神経質そうなイメージが、女性陣をわずかでも牽制してくれているのは間違いないだろう。

眼鏡を取って話しかけやすい雰囲気になったら、肉食女子たちがわらわらと群がってくるに違いない。それでは仕事どころじゃない。

「おかげで、誰かさんには、嫌いだとか、気持ちが入っていないとか、触るなとか、さんざん言われたけれど」

「う……」

もちろん誰かさんとは私のことである。たしかによくよく考えてみると、相当失礼だったかもしれない。

氷川さん、よっぽど根に持っていたんだなぁ。思っていたよりもずっとストレートな感情を持つ人物なのかもしれない。

不機嫌そうに、けれどどこか冷めた様子で氷川さんは肩を竦(すく)ませる。

「俺がそういうの気にもとめない冷たい人間だと思っていたんでしょ。冷徹だとか機械みたいだとか、陰でさんざん噂されているのは知っていたよ」

身に覚えがありすぎてドキリとした。そんな陰口を叩かれて、本当は冷徹でも機械でもない彼は、どんな気持ちになっただろう。

「……ごめんなさい」

小さな声でつぶやいたら、彼は「別に」と興味のない声で言った。

「あなたが謝ることじゃない。自分でそうイメージづけたことだしね」

無愛想にそう言い放ったが最後、彼はキッチンの奥に入ってしまい、柱の陰で見えなくなってしまった。

「もう夜だし、お腹空いてるよね。なにか作るから適当に休んどいて」

カチャカチャと食器を動かす音と、彼の声だけがキッチンから響いてきた。

「……はい」

私はソファにちょこんと座り、言われた通りおとなしくすることにした。早く服が乾かないだろうか。氷川さんのそばにずっといるのは、なんだか気まずい。

それに、これから会社へ戻って、明日の朝に提出期限を迎える書類を仕上げなければならないのだ。

「……ああ、そういえば」

カウンターキッチンの柱の陰からひょっこりと氷川さんが顔を出した。

「仕事、まだ終わってないって言っていたっけ？　会社のネットワークにリモート接続できるけど、今のうちにやっておく？　これから改めて会社へ戻るなんて、嫌でしょ」

「……そんなこと、できるの？」

「合法かどうかは別として、できるように、仕込んである」

氷川さんがリビングの奥の部屋へと向かう。彼のあとを追いかけると、中には大きめのベッドとクローゼット、本棚、そしてパソコンが置かれていた。

パソコンの電源を入れ、モニターがデスクトップ画面を表示するのを確認して、彼はキーボードをパチパチと弾く。

横で見ているとなにを指しているのかさっぱり理解できないポップアップやらウィンドウやらを、彼は慣れた手つきで操作していく。幾度かパスワードを聞かれて認証をクリアした後、モニターの全面に、会社で使っているパソコンのデスクトップ画面が表示された。

「今、俺の端末にログインしている状態。さすがにあなたのPCに潜り込むことはできないけれど、サーバーには一通りアクセスできるから、なんとかやりくりして」

氷川さんが淡々と説明を述べ部屋を出ていく。

残業が少ない人だなぁとは思っていたのだが、まさか家から仕事ができるように裏工作していたとは。

「さて、それじゃあ、ひと仕事しますか」

私はパソコンチェアに座り、背筋を伸ばした。

台所からトントンと響いていた包丁の音が、やがてジャッジャッというフライパンを振る音に変わった。

三十分くらい経っただろうか。私はなんとか仕事を片づけ、伸びをした。

徹夜明けでさすがに頭がぼんやりとする。うしろにあるベッドが私を誘惑しているけれど、一度寝てしまったが最後、きっと明日の朝まで起きられなくなるだろう。

ふと横にある本棚に目を向けると、小難しい実用書や技術書籍の類がぎっしり並んでいた。広告業界に関する書物や、仕事のＨＯＷ ＴＯ本なんかもあって、しっかり勉強しているように見える。

……ま、ちゃんと全部読んでいればの話だけど。

こういうのって、買うだけで実際読まなかったりするんだよね。積ん読ってやつだ。

そんなことを思いながら、とくに難しそうな一冊を手に取り、おもむろにページをめくったところで、私は言葉を失った。

文章の要所要所に蛍光マーカー。吹き出しと書き込み。別の本を手に取ってみても同じだった。どの本も書き加えられた文字で真っ黒になっている。

す、すごい……。

私だって、そりゃあ読書くらいはするけれど、これだけ深く注力して一冊の本からなにかを学ぼうと思ったことはない。

超安定志向の、お役所仕事。面倒くさいことはなるべく避ける主義。仕事に対しては、最低限の労力しかかけたくない――そんな人だと思っていた。

けれど、私の手の中にある真っ黒になった本から見えてくる彼は、勉強熱心で向上心にあふれていて。

　たしかに、氷川さんの判断はいつも論理的で筋が通っている。私と価値観は違えど、間違ったことは言わない人だ。状況判断の得意な、器用な人なんだ、くらいに思っていた。けれど、どうやら違うみたいだ。涼しい顔をしながら、彼は人知れず努力し続けてきたのだ。

　彼が今、評価されている理由は、父親が大株主で贔屓されているから、だけではない。努力に裏打ちされた実力があってこそなんだ。

『仕方がないよ。大株主の息子だもん』

　かつての自分の言葉を思い返して、急に恥ずかしさが込み上げてくる。

　私は間違っていたのかもしれない。上っ面だけを捉えて、他人をジャッジしようとしていた。それって、すごく恥ずかしいことだ。

　ふと本棚の下の方に並ぶ分厚いファイルに気がついて、私はしゃがみ込んだ。背表紙には西暦年が各々記されていて、私は一番分厚い去年のファイルを手に取り、中をめくる。

　これ……。私の視線は、ファイルの中身に釘づけになった。

「仕事片づいた？　食事ができたけど……」

寝室を覗いた氷川さんが、ファイルを手にする私の姿を見てあっ、と声を漏らした。

「……勝手に見ないでもらえる？」

まずいものでも見られたみたいに、慌てて駆け寄ってきて、私の手から乱暴にファイルを取り上げた。手が届かないような高い位置に持ち上げられて、私はおもちゃを取り上げられた子どもみたいに手を伸ばす。

「返してください！」

「いや、返すもなにも、俺のだから」

「でも、それは……」

私はおずおずと彼のシャツを掴んだ。

「私のプロジェクトの記録だよね？」

ファイルには、去年私が担当した、大手家具メーカーのＣＭと、連動した記念イベントの写真や特集記事の切り抜きが貼られていた。合わせて彼のコメントが所狭しと書き加えてある。このプロジェクトの成功点、失敗点、クライアントの評価、視聴者・来場者の声。私だって気づけなかったことまでこと細かに記されている。

自分の仕事でもないのに、これだけ研究したというのか。

氷川さんはファイルをもとの位置に戻しながら、ぶっきらぼうに言った。

「……別に、あなたのプロジェクトだけじゃないよ。ほかの人のも、参考になるものはすべて載せてる」

「……どうして、こんなものを」

「目の前にたくさんの手本があるのに、見習わない手はないだろう？」

やっぱりそうだ。彼は勉強熱心な人なんだ。

なんだかうれしくなってきて、頬がじわりじわりと綻んでくるのが分かった。

彼の仕事は機械のように合理化されていて、感情に左右されることもなく、無機質に形作られるものなのかもしれない。

だが、彼は自分の中のテンプレートを増やす作業に努力を惜しまない。ライバルたちのたくさんの手法や結果を飲み込んで、すべて自分の中に情報として蓄積しているんだ。こんなに分厚いファイルが、写真と殴り書きで真っ黒に埋まるまで。だからこそ、彼は冷静に仕事と向き合うことができる。自信を持って正しい判断を下すことができる。

これを情熱と言わずしてなんと呼ぶ。

氷川さんは、私にかわいげがないと言ったことを取り消してくれた。それなら――

「私も前言撤回しなきゃ」

彼のシャツを握る手に、ぎゅっと力がこもった。

「熱意がないなんて言ってごめんなさい。あなたは誰よりも仕事に情熱を持っている人です」

氷川さんの瞳が揺れて、珍しく目に見えて狼狽した。

「……えっと」

気まずそうに髪をかき上げながら、視線を横へ逸らす。

「褒めてもらえるのはうれしいんだけど――」

戸惑い、言葉に迷う彼に、私は首を傾げた。褒められることには慣れていないのだろうか。気恥ずかしそうにしている彼は、いつもの大人びた印象とは違って、年相応の男の子に見える。なんだかちょっと、微笑ましい。

温かい気持ちで見守る私に、彼が、不意に手を伸ばしてきた。

「――潤んだ瞳でそんなにじっと見つめられたら、本当に襲ってしまうよ？」

「え？」

次の瞬間。私の中の平衡感覚がおかしくなり、どちらが上で、どちらが下か分からなくなった。

本当に、あっという間だった。怖いと感じる間もなく、私の体は横にあった大きなベッドに押し倒され、その上に彼が重なる。

気がついたときには、私と彼の顔は五センチと離れていなくて、近すぎて視点が合わないくらい、彼の瞳が目の前にあった。

一瞬の、沈黙と静寂。

「ねぇ、本当に抱いていい？」

あまりにも真剣な瞳でささやくものだから、私は恐れることすら忘れてしまった。

無理やり襲うでもなく、感情をぶつけるでもなく、私の意志を問うように、真っ直ぐな視線を向けてくる。まるで、試されているみたいに。

ドクドクと、自分の体が大きく脈打って、恥ずかしさから目を開けていられなくなった。けれどきっと目をつむってしまったなら、今度こそ……。

彼の真摯な瞳が、それを求めている気がした。あまりに近すぎて、深すぎて、その漆黒を見入ってしまう。

それでもいいような、そんな気すらしてくる。

その先を考えたら、ぎゅっと胸が締めつけられるように苦しくなって、自分がとんでもないことを受け入れてしまうんじゃないかと不安になった。ダメだ、これ以上この瞳を見続けていたら、私はおかしくなってしまう。

自分で自分が怖くなり逃げるように目を逸らすと、沈黙していた氷川さんは、ふっと嘆息（たんそく）した。

「そんな顔しないで。冗談だよ」

また私が泣くとでも思ったのだろうか、彼はなんとも言えない笑みを浮かべ、体を離した。あきれたような、落胆したようなその表情に、なんだか少し悲しくなった。

一回目はあきらかに私に対する嫌がらせ。でも、今のは――

「ファイルのことは、また後で。食事してから」

「……うん」

何事もなかったかのように寝室を出ていった彼のあとを追いかけて、とりあえずうなずいてみたものの、鼓動はせわしなく高鳴っていた。

私をベッドに押し倒した氷川さんの意地悪な行動は、本当に冗談だったのか、それ以来なにかを仕掛けてくるようなことはなかった。

氷川さんの作ってくれた食事を食べ、くだらない世間話なんかをぽつぽつと交わしているうちに、ふたりの間に根づいていた距離感とライバル心が徐々に薄れていくのを感じた。

食事を終えた後、早く帰りなよとすすめる彼を振り切って、例のファイルの続きを見せてくれと頼んだ。最初は嫌がっていたが、粘る私に根負けして、ため息交じりにOKしてくれた。

ベッドの上に座り込んで、五年分のファイルを広げる。

懐かしい記憶が蘇り、興奮が私を饒舌にさせた。あのときは大変だった、あれはひどかった、これは最高だった、仕事に対する語りつくせない思いが、いくらでもあふれてくる。それを彼は、うんうんと相づちを打ちながら、ときたまちょっと面倒くさそうな顔をしながらも付き合ってくれた。

自分とは真逆だと思っていた氷川さん。でもこうして彼の素の部分に触れてみると、素晴らしいものを創り出したいという思いは一緒で。

――なんだ。私たち、同じ方向を見てるんじゃん。

宇宙の彼方のように感じていた彼は、よく見れば同じ大地にいて、今では手を重ねられる距離まで近づいてきている。

無性に親近感が湧いて、明日からはもう少し、協力し合える気がした。

「次のプロジェクトでは、新しいことにチャレンジしようと思って。今までほかの人たちが成し遂げられなかったことや、二の足を踏んでいたことも、恐れず立ち向かっていきたいって……」

「そっか。あなたならきっとできる」

「協力してくれる？」

「俺でよければ」

「……ありがとう」

　絶対的な味方を得たようで、うれしかった。私ひとりではできなかったことも、私たちならできるかもしれない。

　正反対のふたりがひとつになれば、完璧になれる。私を誰よりも苦しませたライバルが味方になれば——彼ほど心強いパートナーは存在しない。

　次に目を覚ましたとき、部屋の中は真っ暗になっていた。

　私の上には毛布がかけられていて、腕の中には例のファイル——ああ、ふたりで夢をひとしきり語った後、そのまま眠ってしまったのだと思い出した。

　パソコンデスクの上のデジタル時計を見ると、もう明け方の四時。どうやら徹夜の疲れもあって、熟睡してしまったようだ。

　あれ？　私がここに寝ているってことは、氷川さんはどこで寝たのだろう。リビングのソファにでも寝てくれたのかな、なんだか悪いことしちゃったな。

そう思いながらのそのそと立ち上がり、腕の中のファイルをパソコンデスクの上に置いた。再びベッドへ戻ろうと回れ右したところで、とある重大なことに気がつきハッと息を呑む。

今まで私が寝ていた場所のすぐ隣で、氷川さんが眠っていた。

え？　えぇ⁉　同じベッドにいたの⁉　嘘でしょう⁉

私が寝ていた横に、堂々と潜り込んできたのだろうか。信じられない、恋人同士でもない男女が一緒のベッドに入るなんて、とんでもない。

どうする？　もう一度ベッドに戻る？　リビングのソファに逃げようか。

寝息を立てる彼のもとへ近づき、恐る恐る覗き込んでみると、それはそれはあどけない表情で寝入っていた。

昼間の冷徹な顔とも、夕べ私をからかった悪魔のような顔とも違う、純粋な男の子の寝顔。あまりの無防備さに、すっかり毒気を抜かれてしまった。

不意に彼が小さく呻いて寝返りを打ち、背中を向けてくれた。幸いベッドは大きめで密着というわけでもない。

戻るだけ……戻るだけ……そう言い聞かせながら、体を横たわらせた、次の瞬間。

むにゃ、と彼が再び呻いて、ごろんとこちらに転がってきた。

彼の腕がどすん、と私の上に落ちてきて、ちょうどよく胸の中に収まってしまった。

うわー‼

再び私は呼吸困難。でも、目の前には罪のない寝顔。振り払うこともできなくて、縮こまるしかない。

彼の腕が、大きくて重くて、でも温かい。どうしよう、すごくドキドキして、緊張してきた。

でも、不思議と恐怖はなかった。相手が眠っているせいだろうか、もしくは、このあどけない寝顔のせい？　いずれにせよ、この困った状況は変わらないのだけれど。

これ以上彼の端整な顔を直視していられなくて、逃げるように目をつむった。自分の意識が眠りに落ちてくれるのをじっと待ってみたけれど、そのときが訪れるまでにはかなりの時間を要したのだった。

誰かさんのせいで、寝不足だった。

「起きて。遅刻するよ」

耳もとで聞こえたその声と、瞼(まぶた)の裏で感じる光に、私は重たい目をこじ開けた。

朝の爽やかな日差しが一気に視界に押し寄せてきて、思わず顔を伏せてもう一度ぎゅっと目をつむる。

朝……？　ここ、どこ？

しばらく寝ぼけた後、鼻腔を掠めるおいしそうな匂いに気がついた。

「今何時⁉」

飛び起きた私に、横にいた氷川さんがうわっ、と目を丸くした。

「七時だけど」

「嘘⁉　もうそんな時間⁉」

慌ててベッドから這い出し、氷川さんの横をすり抜けリビングへ向かうと、テーブルの上にはコーヒーと朝食が用意されていた。

私のあとをだらだらと追ってきた氷川さんが、低血圧なのだろうか、だるそうに伸びをする。

「朝からそんなに元気に動けるなんて、本当にうらやましい」

いや、そんなことを言っている場合じゃないって。なにしろ今日は平日。これから会社だ。

「家に帰って着替えてこなくちゃ」

「そんな時間はないよ。昨日の服、乾いてるんだからそれでいいでしょう」

「でも、昨日と同じ服着て出社するわけには」

「そんな人、いくらでもいる。いい年なんだから、みんな察してくれるよ」

「勝手に察してほしくないから言ってるんだけど」

とくに市ヶ谷くんは、まだまだ血気盛んな若者だ。知られたら大騒ぎしそう。

一晩、一緒にいた相手が氷川さんだと知ったら、彼はどう思うだろう。きっとものすごく嫌な顔をするに違いない。

「これから、急いで帰って……」

「落ち着きなって」

部屋を飛び出そうとした私の肩を、氷川さんが押さえた。

「遅刻するつもり？　今日朝一で会議。昨日のプレゼンの結果報告」

「あ……」

「あきらめて。ほら。コーヒー飲んで落ち着いて」

氷川さんは私をソファの上に座らせると、自分もその横につき、湯気の立つ淹れたてのコーヒーをすすった。

「……コーヒー、嫌い？」

「……いえ……いただきます」

カップを顔に近づけただけで、苦みと酸味の入り混じった芳醇(ほうじゅん)な香りが鼻から抜ける。唇をつけると、深いコクの中にもすっきりとした爽やかさがあって、目覚めに最適な一杯だと思った。昨晩の彼との出来事にまだ心を整理しきれていなかった私の目を覚ますのにぴったりな味だ。

思えば、男性が苦手である私が誰かと一緒に朝ごはんなんて、ましてや男性にコーヒーを淹れてもらう日が訪れるなんて、想像していなかった。

「……おいしい」

「それはよかった」

彼のやわらかな微笑みに、きゅっと胸が高鳴ってしまった。

　普段の冷徹な彼を知るからこそ、心揺さぶられるものがある。なんてことない笑顔に、無性に心動かされてしまう。

　ドキドキとしてしまった自分に説明がつけられないまま、なんだか彼が見ていられなくなって、コーヒーのカップに顔を隠してごまかした。


「なにをもたもたしているんです？　行きますよ」

　一時間前とは打って変わって、鋭く厳しい口調が私の背中を突き刺した。

　出勤準備を整えて、堅苦しいスーツに身を包んだ氷川さんがいた。黒に近い濃紺の上下と、淡い水色のストライプシャツ、グレーのネクタイ。相変わらず寒色系。目もとにはシルバーのメタルフレームの眼鏡が鈍い光を放っている。

「……氷川さん、キャラ変わってます」

「もう出勤時間なんだから、あなたもいい加減気持ちを切り替えなさい」

「それは気持ちを切り替えるっていうより、もはや人格が――」

「無駄口を叩いている暇があったら、早く用意をして」

「は、はい」

　氷川さんにお尻を叩かれながら、急いで準備を済ませ、私たちは慌ただしく家を出た。

そういえば氷川さんは始業時間に関係なく誰よりも早く出社しているから、その感覚でいくと今日は遅刻の部類に入るのかもしれない。だからいらいらしているのかなぁ？

通勤電車の中、並んで吊革に掴まりながら、ちらりと隣の氷川さんを覗き見る。

彼は私の視線にすばやく反応した。

「なんです？」

「いえっ」

親の仇を見るみたいな目で睨まれてしまって、慌てて車窓の外へと視線を逃がした。

やはり仕事モードの氷川さんと、プライベートモードの氷川さんが同一人物に思えない。分かり合えたことですっかり消えたと思っていた苛立ちと嫌悪感、それがあっさりと舞い戻ってきた。

夕べのあのふたりの時間は、なんだったんだろう……

目的を共有し、お互いの夢を重ね合えた時間。そして、彼のあどけない寝顔。大きくて温かい、腕の感触――

思い出した瞬間、急に頬が熱くなって、動悸が舞い戻ってきた。体を離してからもまだあのときの感覚が私を占拠するのか。

不意に電車がトンネルに入って、真っ暗なガラス窓に氷川さんの姿が映り込んだ。今まで会社で顔を突き合わせていた彼のまま、氷のように凍てついた表情。

昨日の彼の面影は、もうどこにも見あたらない。

まるで夢でも見ていたかのように、もやもやとした感覚だけが私の中に残った。


周囲から変な詮索を受けないように、ふたり別々に出社して、何事もなかったかのように朝一の会議で顔を合わせた。

会議は、まず昨日行われたプレゼンの結果報告から始まり、今後のスケジュール確認とプロジェクトメンバーの選出が行われた。

今回のプロジェクトは規模が大きいため、すべてを統括するマネージャーの下に複数のチームを構成し、作業を分担することになる。

まずはプロジェクトの核となるＣＭを担当するチーム。リーダーには、この企画を発案した私が任命された。

そしてもうひとつ、ＣＭと連動するＷＥＢの企画を担当するチーム。そのチームリーダーを任されたのは、氷川さんだった。

着任早々、氷川さんが私の企画書に対してダメ出しを始めた。

「この企画案は抽象的な表現ばかりで、具体的にどのような手法を取るのか明記されていない。その点をあきらかにしなければ、全体の足並みが揃いません」

相変わらず攻撃的な氷川さん節。これを私は宣戦布告だと受け取る。

「お言葉ですが、まだ具体的に手法を練り出す段階ではないはずです。現時点では、クライアントにイメージを伝えて意識を擦り合わせるのが最重要課題のはず」

「それにしても、あなたの中でなにかしらの具体案があるはずでしょう。でなければ、この企画が本当に可能であるとは言えないはず。それとも、『なんとなく』や『雰囲気』で企画したとか言うんじゃありませんよね？」

文句をごくん、と飲み込んで、ひとつ深呼吸をする。取り乱したら負けだ。

「……近日中に詳細を文書にまとめて配布します」

「お願いします」

すこしピリッとした空気のまま、プロジェクト会議第一回は幕を閉じた。

――はぁ……。

予定終了時刻を少しおしてしまって、社員がバタバタと会議室を飛び出していく中、私はため息をついて会議卓の上に突っ伏した。

「朱石さん……大丈夫ですか？」

資料をまとめながら市ヶ谷くんが心配そうに私を覗き込む。

「大丈夫……ちょっと気持ちの整理がつかなくて」

「気持ちの整理……？」

「ううん、こっちのこと」

やっぱり氷川さんは氷川さんだった。生意気で感じの悪い冷徹男。

じゃあ、昨日の彼はなんだったんだ。誰よりも勉強家で、ちょっぴり優しくて意地悪な、一緒に夢を語り合ったあの男は。いったい誰だったって言うんだ。

私が深いため息をついたおかげで、あの元気印の市ヶ谷くんまで困った顔になってしまった。

「あの、朱石先輩、もしかして、昨日の夜、またなにか大きなトラブルでもありました？　俺、なにかミスしましたかね？」

「あ、ごめん、全然そんなんじゃないから」

ダメだよ、後輩まで不安にさせてしまうようでは。必死に自分を奮い立たせていると、市ヶ谷くんはおずおずと私の服に視線を落とした。

「ならいいんですけど……その、先輩の服が昨日と同じだったので、また徹夜だったのかと」

普段は大味な仕事ぶりで、細かいところにまで気が回らないくせに、見逃してほしいところだけ鋭く切り込んでくるんだ。

「あ、や、これは、そういうことじゃなくて、ちょっと事情が」

しどろもどろに濁す私を見て、市ヶ谷くんはなにかを察したのか、『あ』という顔をした。

「もしかして、彼氏と……っ！　すみません、俺、立ち入ったことをっ……」

「あ、いや、違う違う、全然そんなんじゃなくて！」

それぞれ違った意味で慌てふためく私と市ヶ谷くん。

そんなことをしている間に、会議室には私たちを除いたほか、誰もいなくなり、唯一部屋を出ようとしていた氷川さんが遠巻きに声をあげた。

「ちょっとそこのふたり、いつまでこの部屋に居座るつもりですか。さっさと出てください」

「ご、ごめんなさい、今出ます……」

また文句をつけられ――しかもくだらない内容で――見るからにげんなりとした顔で部屋を出ようとすると、ドアの前で私たちが退出するのを待っていた氷川さんがあきれたように言った。

「なんですかそのひどい顔は」

「……もとからこういう顔です」

あなたのせいです、と出かかったが、なんとか平常心で押し殺す。

が、氷川さんは執拗(しつよう)に小言を放ってくる。先ほどの会議では責め足りなかったのだろうか。

「会議中もあたり障りのない答えで私の言及をかわしていましたね。やる気はあるのですか」

「やる気はあるんですけど、集中力をかき乱される諸所の事情があって」

もちろん、あなたのせいですよ。氷川さん。

「まさか……眠いのですか?」

「どうしてそうなるんですか!」

あれだけ嫌味攻撃を放ってくるくせに、こっちの嫌味には気づかないらしい。

相変わらず氷川さんは機械のように至極冷静。揺るがない。昨日の今日で動揺しているのは、私だけなのだろうか。

私の葛藤もつゆ知らず、氷川さんはあきれ半分のため息をついた。

「まったく。昨日、あれだけ寝たというのに、寝不足だなんて言わないでくださいよ」

いや、ちょっと待って！　あなたは寝てたからいいだろうけれど、私は抱きつかれたおかげで全然眠れなかったんですけど！

「あなたの腕が重たくて、眠れませんでした」

「それを言うなら、私もあなたに何度か蹴り飛ばされましたよ」

「嘘！　私、そんなに寝相悪くない！」

「寝ぼけてしがみついてきたこと、覚えていないんですか？『ジョン、ジョン』なんて言いながら」

ジョン⁉　どうして実家の犬の名前を知ってるの⁉　もしかして本当に、私、彼にしがみついてたの⁉

恥ずかしさに頬を真っ赤にしたら、それを見た彼が、ふふん、とほくそ笑んだ。く、悔しい！

「そもそも、あなたが私の寝ていたベッドに潜り込んできたからいけないんでしょ！普通、気を使って身を引いたりするもんじゃない⁉」

「なぜ私が身を引かなければならないんですか。自分のベッドなのに。それに、『潜り込んだ』という表現は不適切です。横に寝ただけです。猥褻（わいせつ）な行為をしたみたいに言わないでください」

「あんなことしといて今さらっ――」

「あ……あの……」

そのときうしろからおずおずと、か細い声が発せられた。すっかり頭に血が昇っていた私は、ハッと我に返ってうしろを振り返る。

私たちのうしろ、一歩引いたところに、会議資料を抱きかかえながらちょこんと佇む市ヶ谷くんの姿。

「おふたりは、付き合っているんですか……？」

ものすごく居心地の悪そうな顔で首を傾げる。

「……いや、違うんだよ、市ヶ谷くん、えっと、これにはいろいろと訳が」

なんだか浮気を見つけられた亭主みたいにわたわたと弁解する私。市ヶ谷くんの不信感たっぷりの瞳が私を真っ白にさせる。

「今の会話を聞いて私たちが付き合っていると思ったのなら、あなたの状況察知能力は壊滅的です」

おろおろとする私を遮って氷川さんが冷静に言い放った。

「いや、でも、同じベッドで寝るとか――」

「あれは事故です」

「どんな事故があればそんな状況になるっていうんですか」

「大人にはいろいろとあるんです」

「大人って……俺も大人なんですけど。馬鹿にしてます？」

ひくりと顔の右半分を引きつらせ、市ヶ谷くんがその矛先をこちらに向ける。

「朱石先輩と氷川さんって犬猿の仲だと思ってたのに。ひょっとして今までふたりがさんざんバトってたのって、痴話喧嘩だったんですか？」

「ち、違うよ！」

「氷川さんがなにかと先輩に突っかかってくるから、すごいムカついてたんですけど、腹が立ってるのって俺だけだったんですかね」

「そんなことないよ！　私だって、氷川さんのことなんか大嫌いで——」

咄嗟に口をついて出たものの本人を前にしていることに気がつき、しまったと思うがもう遅い。

恐る恐る氷川さんを覗き込むと、彼は神経質そうに片眉をぴくりと上げていた。

「——くだらない」

苛立たし気に言い放ち、さっさとその場を立ち去ってしまった。残された私たちの間に、重苦しい沈黙が下りる。

改めて私に向き合う市ヶ谷くん。

「朱石先輩、氷川さんと、どういう関係なんですか」

仕事のときにも見せたことのないような真剣な眼差し。返答次第では許しません、といった感じだ。

彼は大切な後輩で部下だし、こんなことで信用を失いたくない。彼の気に障らないように慎重に言葉を選ぶことにした。なんだかプレゼンよりも緊張する。

「本当に、氷川さんとは付き合ってるとかそういうんじゃなくて。彼が言った通り、ちょっとトラブルがあって。仕方がなく……っていうか、どうしようもなかったっていうか」

「さっき、氷川さんのこと大っ嫌いって言ったの、本心ですか?」

「も、もちろん!　あんな感じの悪い人、嫌いだよ!」

「……なら、いいです」

市ヶ谷くんは元気のない声で低くつぶやくと、会議室前の廊下をゆっくりと歩き出した。まだ不満を抱えているのが態度から丸分かりだ。

どうしたらいつもの元気な市ヶ谷くんに戻ってもらえるだろう。分からなくてなにも言えぬまま、彼の三歩うしろについて、いつもよりちょっと静かに感じられる廊下を歩く。

　オフィスへの入口はセキュリティのために施錠がされていて、ドアの左側に解除用のダレーダーが取りつけてある。

　市ヶ谷くんはそのダレーダーに首から下げていた入館カードをかざし、ふと、その手を止めた。

　私の方へと振り返り、眉を寄せて少し困ったような顔をする。

「市ヶ谷くん?」

　市ヶ谷くんは、周りの目を気にするようにきょろきょろと辺りを見回し始めた。昼休みにはちょっとだけ早いこの時間。ラッシュを避けて早めの昼食を取る人たちで廊下は賑わいをみせている。

「どうしたの?」

　首を傾げる私を、悩まし気な表情で見つめる市ヶ谷くん。だが、すっと意を決したような瞳になって、私の右手首を掴んだ。

「……っ⁉」

　心臓がばくりと弾けそうになる。男性から触られたときに感じる、あの感覚。

大切な後輩の市ヶ谷くんに対してもそれは変わらないみたいで、胸の中がざっと不安感に占拠される。

市ヶ谷くんが私の腕を引っ張って走り出した。ぶつかりそうになった通行人が「わっ」と声をあげる。

「すみません」と言う余裕すらなく、私は市ヶ谷くんに引きずられ、廊下の端へと連れていかれた。

誰も寄りつかない、目立たないその場所にあったのは非常階段へと続くドア。

重苦しい鉄の扉を開けると、中は打ちっぱなしの壁と階段が冷んやりとする無機質な空間だった。

その壁に押しつけられて、逃げ場を奪うように市ヶ谷くんは私の両脇に手をついた。

彼らしくない強引な態度に圧倒され、声をあげることすらできない。

後輩であるせいか、小さくて細くて頼りないイメージを抱いていた。けれど、このときばかりは、男の子らしく力強い腕とか、私よりだいぶ大きな身長とか、私なんか覆い隠してしまえるくらいの広い肩幅を、やたらと意識してしまって。

守るべき対象が突然〝男性〟に見えてしまった不調和。うつむく市ヶ谷くんの少し茶色がかった前髪が瞳に影を落としていて、余計に大人っぽく感じられる。

「……氷川さんに、近づかないでください」

市ヶ谷くんが真剣な声色でつぶやいた。

「どうして……？」

言葉が出たのが奇跡だと思った。不安でたまらない。

市ヶ谷くんは怖くなんかないのに、私にひどいことなんかするはずないのに、それでも恐怖に苛まれてしまう自分自身が嫌だった。

「あの人、先輩を壊しちゃいそうだから」

市ヶ谷くんが、泣きそうな声を出した。

「俺の大好きな先輩の、明るくて強くて優しいところとか、なんだか毒されちゃいそうで、触ってほしくないっていうか……」

私の肩にこつん、と額を寄せて言う。

「ごめんなさい。ただの嫉妬です」

そう告げると、一歩下がって私の体を解放した。

うつむいたまま躊躇したように佇み、やがて彼は逃げるようにして非常階段の扉を飛び出していった。

重苦しい扉が大きな音を立てて閉まり、縦に長い空間に反響し、私だけがその場に残された。

　解放された途端、呼吸が荒くなって、私はその場にへたり込んだ。胸の前でぎゅっと手を握る。びっくりしたけど大丈夫。深呼吸。

　冷静さを取り戻し改めて、さっきのはなんだったのだろうという疑問が湧き上がってくる。

　私のことを、大好きだと。嫉妬だと、言っていた。

　先輩を取られたくないってことかな？

　たしかに今までも、市ヶ谷くんは氷川さんに対して異様なまでに噛みついてきた。

　それはライバル心なのだろうか。男特有の、負けたくないプライド的ななにかがあるのだろうか。

　それとも、お母さんを取られたくない子どものような感覚？　まさか、恋愛感情ではないよね。

　結局、氷川さんは私に対して陰湿で冷徹だし、夕べの彼との思い出なんて、なにかの間違いだと思って記憶から消してしまった方が楽だろう。

　優しくて、夢にあふれた氷川さんなんて、やっぱりこの世にいなかったんだ。

　なんだか無性に虚しくなって、期待していたなにかを吐き出すように深くため息をついた。立ち上がり、腰をパンパンと叩く。

オフィスに戻ろう。いつもの私に戻ろう。

氷川さんの敵で、市ヶ谷くんの味方である、強い私に。

オフィスに戻るとそこは相変わらず賑やかで、戦場のように慌ただしくて。

私の迷いなんて、あっという間に忘れさせてもらえた。

「いったいどこで油を売っていたんですか」

自分のデスクに戻った瞬間、氷川さんが八つあたりとも思えるような言い草で食ってかかってきた。

ああ……もう本当に、文句ばっかり……

思わず、はぁ……とか細いため息が漏れた。それを見た氷川さんはいっそう腹立たし気に眼鏡を光らせる。

「あなたがもたもたしている間にクライアントからクレームの電話が入りました。急場しのぎの応対はしておきましたが、すぐに折り返し処理にあたってください」

「クレームって誰から……!?」

「皆乃川物産(みなのがわぶっさん)です。まったく。なにをやらかしたんですかあなたは」

氷川さんが一枚のメモを放り投げた。

慌ててキャッチしたそのメモには、クライアントの名前、クレームの内容などが記されている。

「分かりました、手間かけてごめんなさい！　すぐ対応します！」

一気に現実に引き戻され、頭の中が高速処理モードに切り替わる。

氷川さんのことも、市ヶ谷くんのことも、頭の片隅に追いやった。

今やるべきことは、目の前の仕事！

デスクの上の資料の束から皆乃川物産に関連する箇所を抜き取って、クレームの内容にあたりをつける。受話器を肩に挟んで電話番号を押しながら、氷川さんのメモに目を通して、クレームにどう対応すればいいかを考え――

ふと、メモの裏の文字が透けていることに気づいて、私は手を止めた。

裏にもなにか書いてある……？

メモをペラリと裏返したところで、流れるような走り書きを見つける。

『広報担当の吉村様は激情型。

内容の正当性に関わらず、まず真摯な姿勢を見せ、頭を下げること。

情に深い人物でもあるので、感情に訴えてこちらの事情を説明しなさい』

これは……クライアントの攻略方法？

そして最後に。

『――人の心を掴むのは、あなたが誰よりも得意なはず』

まるで応援メッセージのようなひと言。

さんざん怒って、けなして、傷つけて、挙句の果てに、こんな褒め言葉。

彼が本当に非情な機械人間だったなら、こんなメッセージをつけ足そうとは思わないだろう。本当に私のことが嫌いで、どうなってもかまわないのなら、こんなアドバイス、絶対にしないはず。

これはたぶん、優しさだ。彼の思いやりと、気遣い。

なんだよもう。

余計に彼のことが理解できなくなって、デスクの上に突っ伏した。

デスクに頬を寄せながら、彼の達筆な文字を指でなぞる。それだけで少しドキドキした。

男性のことを思って頬を綻ばせたのは、いつぶりだろう。ひょっとしたら初めてかもしれない。

それぐらい私はうれしくて――素直に褒めてくれないちょっと意地悪な彼が愛おしく感じられた。

よし。がんばろう！

腹を据えて姿勢を正し、改めて受話器を握った。

彼のメモを握りしめながら、呼び出し音に耳を澄ませ、やがてブツっとそれが途切れ、女性のアナウンスが聞こえてくる。

「美倉広告企画の朱石と申します。広報部の吉村様はいらっしゃいますでしょうか」


プロジェクトの走り始めは忙しい。

この業界の特性か、スケジュールは常に短期決戦。ちょっとでもモタモタするとすぐに納期がやってきて、目もあてられないことになる。

だから残業はしょっちゅうだ。私を含め大半の人が残業を恒例行事とあきらめていて、日付が変わる前に家に着ければ御の字だと思っている。

今日も例外なく、時刻はすでに二十二時を回っていた。早く帰りたいものの、あとひと仕事残っている。失った集中力を取り戻すため、私は休憩室へと向かった。

ガラス張りのパーテーションと観葉植物に囲まれた休憩室、外から覗いてみると、こんな時間だというのにまだ人影があった。その見覚えのあるうしろ姿に、思わずドキリとする。

氷川さんだ。横長のベンチにひとり座って、缶コーヒーを飲んでいる。

少しだけぼんやりとしていて、なんだか疲れているようにも見えた。まぁ、この時間まで働いていたのだから、疲れてあたり前か。

「さっきは、ありがとうございました」

休憩室に入りながら声をかけると、気づいた氷川さんが鬱陶しそうな目つきで私を睨んできた。

「なんのことです」

「あのメモの裏の、メッセージ」

「……ああ」

「おかげで穏便に収めることができました」

「……あの程度で手間取られては困るんですよ」

氷川さんはフン、と鼻を鳴らして、手もとのコーヒーに視線を落とした。心なしか、ちょっと照れているようにも見える。

「……隣に座ってもいい？」

「なぜ？」

「な、なぜって……」

ここは普通『いいですよ』って言うところじゃないのか。予想外の答えにちょっとだけ戸惑いながらもおずおずと近づく。

「は、話がしたいからですけど……」

ふたり分くらいのスペースを空けて彼の隣に座った。

横長のベンチの端と端。距離感は完全に他人同士だ。氷川さんは私とまったく目を合わせようとせず、不自然に遠くを見つめたまま、不機嫌極まりない声でつぶやいた。

「私のことが大嫌いなんじゃなかったんですか」

「へ？」

思わず素っ頓狂な声をあげて彼を見た。

大嫌いとは——市ヶ谷くんに私たちの関係を疑われたとき、咄嗟に口走ったあのひと言のことだろうか。

「ひょっとして、気にしてました？」

氷川さんは私を睨みつけた後、コーヒーの缶の口に噛みつきながら悔しそうに口もとを隠した。

「……面と向かって大嫌いと言われて、傷つかない人間がいますか」

ちょっと掠れたその声は、手負いの獣のように弱々しく、その鋭い爪を振り上げる気力さえ残っていない――そんな感じに見えた。

どうせ感情のない機械人間の氷川さんだからなにを言っても気にしないのだろうと、高を括っていた。それなのに、そんな顔をされては。

軽く口走ってしまったそのひと言で、彼の心をどれだけ抉ったのか――悪いのは全部私だ。

「ごめんなさい……あれは市ヶ谷くんの手前で……」

「そんなに市ヶ谷くんが大事なら、ふたり仲良く恋人ごっこをしていたらいい」

「そんなつもりじゃ……」

一向にこちらを向いてくれない彼に苛立ちが募って、私はほんの少しだけ距離を詰めた。私と彼の間には、未だひとり分の空間がある。

苛立たし気に眉間に皺を寄せる、それでも整った彼の横顔が見える。不機嫌に引き結んだ唇を、なんとかこじ開けたいと思った。

「でも、氷川さんだって会議ではいつも揚げ足を取るし、やたらに突っかかってくるし。そっちこそ私のことが嫌いなんじゃないんですか？」

「昨晩、説明しませんでしたか。仕事とプライベートは別だと」

「でも、こんなに冷たくあしらわれて、好きになれって方が無理でしょう⁉」

氷川さんの瞳がちらりとこちらを向いた。

「やっぱり、嫌いなんじゃないですか」

「う……」

押し黙る私を相手に、やっとこちらを向いてくれたかと思いきや、嫌悪感丸出しで見下ろしてくる氷川さん。なにか言いたげに口を開くが、出てきたのは大きなため息だった。

「分かりました。それで結構です。〝氷川〟という男を、存分に憎んでください」

「え……?」

ポカンと固まる私を前に、氷川さんはそっと目もとに手をやり、自身の眼鏡をはずした。

レンズに隠されていた瞳は物憂げで、息を呑むほどに麗しかった。

「その代わり、俺のことは——仕事抜きの〝流星〟のことは、好きでいて」

彼はゆっくりと私に顔を近づけてくる。吸引力のある瞳。魔法にかけられたかのように体が動かなくなる。

「氷川さん——」

「流星って呼んで」

呼び方を強引に訂正した彼――流星は、そっと私の頭に手をあてて、ゆっくりとした仕草でうしろへなでた。

「俺は冷たくしないから。揚げ足も取らないし小言も言わない。嫌がることはもうしないと約束するから。だから俺のことは――〝氷川〟とは別の人だと思ってて」

緩やかに私の頭をなでる流星の、大きな手のひら。触れられているのに、いつもの怖いという感覚は起こらなかった。

それがあまりに優しく綺麗すぎて。私の体は拒否反応するのを忘れてしまっていたようだった。

「それでいい？」

慈愛に満ちた天使のように――あるいは私をかどわかす魅惑的な悪魔のように、微笑みを浮かべる彼から私の視線は逸らせなくなってしまっていた。

ぼんやりとうなずいた私を見て、彼は安堵したようだ。満足気に目を細めて、私の頰に軽く唇を重ねる。

そう、私の頰に――。

「……っ⁉」

私は驚いて飛びのいた。頰に手をあてて、今起きたことを頭の中で反芻（はんすう）する。

「……な、……なんっ……」

「あまりに無防備な顔してたから、かわいくて、つい」

にっこりと笑う流星。人の心を乱しておいて、悪びれる様子もない。

「い、今、自分で言ってたのに！　私の嫌がること、もうしないって……」

「俺のキスは、嫌だってこと？」

その整った顔で上目遣いに見据えられて、『嫌だ』なんて言えるわけがない。

いじけてみたり、むくれてみたり、普段の氷川さんなら絶対に見せないような、甘えん坊な一面を、流星は惜しげもなく突きつけてくる。

こういうときにどんなリアクションをすべきなのか、その答えを出せるような経験が、私にはない。

『キスは嫌？』その問いに、ひとまずぶんぶんと首を振る。肯定してしまったら、余計いじけてしまうだろうと思ったから。

「よかった」

そうつぶやいて、彼がもう一度私の頬に口づけようとしたから、拒否することもできなくて、ギクシャクと頬を差し出した。

唇を浅く掠める。なんだかさっきよりも、キスの場所が唇に近づいた気がする。

「あまり遅くまでいると体によくないよ」

駄々っ子のような甘えんぼさんから一転、流星は急に年上のお兄さんみたいな顔になって、私の頭をくしゃくしゃとかき混ぜた。

「いつまでも帰らないから、いつも心配してたんだ」

いつも？　嘘でしょう。だって氷川さんは私を心配するような素振り、これっぽっちも見せたことなかったのに。

胡乱げな眼差しで彼を見つめると、流星は少しムッとして「信じてないの？」と首を傾げた。

「だって、氷川さんは私に冷たいから――」

「そんなの、好きだからに決まってる」

「へっ？」

照れる様子なんて一ミリもなく、恥ずかしいことをさらっと言ってのけたから、私の方が驚いてしまった。それとも『好き』って、女としてって意味じゃない？　同僚として、ってことかな？

けれど流星は、絶句する私のおでこをツンと突いて、鼻にかかった甘ったるい声で喉の奥を鳴らした。

「分かるでしょ？　気になる女の子をいじめちゃう心理ってやつ」

余計に彼の考えていることが分からなくなった。それってやっぱり――そういうこと？　嘘でしょう？　もしかしてからかって遊んでる？

すっかり困り顔になってしまった私を、流星は楽しそうに眺めている。

「それとも、単に〝氷川〟が意地悪なだけかな？　どっちだと思う？」

挑発的に見つめられて、やっぱり遊ばれているんだと確信した。

「……意地悪なだけですよね」

ムッとして睨むと、流星は「でも」と言って不意に私の頬に触れた。

「少なくとも、〝俺〟は光子のことが……好きだよ」

耳もとで、ちゅっとかわいらしい音がした。彼の唇が、耳たぶに触れた気がした。

「――っ⁉」

声にならない声で叫ぶ私をうれしそうに見つめながら、流星はベンチから立ち上がった。手に持っていた空の缶コーヒーをゴミ箱へ入れ、何事もなかったかのように休憩室の出口へ向かう。

去り際に立ち止まって、挑発的な笑みで私へウインクした後、流星は再び眼鏡をかけた。

そしてこれ以上私の方を見ることなく、彼はさっさとその場を立ち去っていった。嵐が過ぎ去ったかのようだ。私はしばらく呆然として、その場から動くことができなかった。

〝氷川〟と〝流星〟――ひとりの人間の中に存在する、ふたつの顔。

別人だと思えだなんて、そんな器用なことできるわけないと思いながらも、彼らはあまりに違いすぎていて、まるで本当にひとつの体の中にふたつの魂が宿っているのではないかとすら思えてきた。

そもそもどうしてそうする必要があったのか、そのままの性格で働くわけにはいかなかったのか、なにが彼をそうさせたのか。

そんなことを私が考えても仕方がないか……。

それでもいつか、そのわけを、聞いてみたいと思った。

私と彼の初めての共同作業・前編

「『東京ラブブランドパーク』って知ってます？　あーいう感じの、ちょっとキラキラしてて、クラクラっとくる感じがいいんだよなぁっ！」

ジュエルコスメの広報マネージャー相模さん——見たところ四十歳手前くらいの男性——が、瞳を輝かせながら言った。

私と氷川さんは彼の話を聞きながら、顔を見合わせる。

説明が抽象的すぎて理解できない——普段は通じ合えない私たちだけれど、今日ばかりは心が通った気がした。


「——氷川さん、相模さんのアレってどういう意味だったんでしょう」

打ち合わせの帰り道。私たちは頭を抱えていた。

「私に聞かないでください。直感的なものはあなたの専門分野でしょう」

「そう言われても、キラキラ、クラクラだなんて擬音の羅列で伝わるわけないじゃないですか」

「それを紐解いて具現化するのがあなたの仕事です。しっかりしてください」

「無茶言わないでくださいよ……」

途方に暮れた私たちは、ひとまず打ち合わせ結果から企画の詳細を掘り下げるべく、内部ミーティングを開くことにした。

集められたメンバーは、実際に打ち合わせに参加した私と氷川さん。そして私たちをサポートする後輩がそれぞれひとりずつ。

私のサポート役は市ヶ谷くん。

氷川さんのサポート役には、彼のひとつ後輩の青山(あおやま)さんが選ばれた。

私と氷川さんは、クライアントから出た要望をそのまま自社で待機していた市ヶ谷くんと青山さんに伝えたのだが、言ってみたところでやはり理解不能で、私たちは途方に暮れていた。

「東京ラブランドパーク、略して『TLP(ティーエルピー)』――三年ほど前に開業した、カップル向けのテーマパークです。大人をターゲットとしているため、アトラクションというよりは、ムードやイルミネーション、飲食などに重点を置いた施設のようです。キャッチフレーズは〝愛を育む東京〟。好調に売り上げを伸ばしており、行列必至の人気テーマパークへと成長を遂げています」

会議室に持ち込んだノートパソコンの検索結果を読み上げたのは青山さん。

青山さんも、氷川さんと同じく非感情的な合理主義者のようで、ウマが合うのだろう。長いことタッグを組んでやっているらしい。

そのせいかこのふたり、語り口調がそっくりでちょっと怖い。

キャリアコースの氷川さんに対し、普通の経歴しか持たない青山さん。一年の差にも関わらず、ふたりの間には上下関係がしっかりと根づいていた。

彼女のかわいらしい見た目に反し、寡黙で、媚びを売らない竹を割ったような性格が、周囲の女性社員からは疎ましく思われていることを知っていた。

彼女の容姿、性格だけではなく、いつも氷川さんのそばにいるというせいもあるだろう。分かりやすい妬みの構図だ。そんな彼女を、ちょっと可哀想だなぁとも思う。

「ちなみにジュエルコスメ広報マネージャー相模鉄司三十五歳独身。最近十五歳差の彼女ができたそうで、もっぱらデートスポット巡りに明け暮れているそうです」

ノートパソコンの画面に視線を落としながら、青山さんが真面目な顔で解説した。

「なるほど、それで相模さんの頭の中はＴＬＰなのね。青山さん、よく知っているね」

「情報は戦況を制す、と言いますから」

「いったいどうやって調べたの？」

「それは企業秘密です」

青山さんは整った口もとを少しだけ上げ、ちょっと得意げな顔をした。横で氷川さんが、よくやった、というような優しい眼差しを向けている。

一瞬だけふたりは目を合わせて、まるで私たちには聞こえない会話を交わしたかのように、満足気な表情をした後お互い目を伏せた。

なにこのふたりの距離感。ちょっと普通じゃない。なるほど、女性社員全員敵に回すわけだ……。

「俺、半年前くらいに行きましたよ、ＴＬＰ。だからちょっとキラキラとかクラクラとか、分からないでもないです」

得意げに言い放った市ヶ谷くん。

一方、青山、氷川コンビは相変わらず困った顔をしている。

「あなたは理解できましたか？」

突然、氷川さんが私へと話題を振ってきた。

「わ、私？」

思わず目をしばたかせて、ええと、と考える振りをする。

男性が苦手な私がデートスポットなど行ったことあるわけないだろう、とは口が裂けても言えない。とはいえ、知ったかぶりをするわけにもいかず観念する。

「いえ。私は行ったことがないから、雰囲気が掴めません……青山さんは？」

「私は開園当時に行ったことがあるのですが、昨年のリニューアルオープン後を知りませんので、認識に齟齬があるかもしれません」

　私はそっかーとうなずきながら、青山さんでも俗なデートスポットへ行くのかと、そちらの方に興味が湧いてしまった。

　クールな彼女でもデートスポットへ行けばはしゃぐのだろうか。普段寡黙な彼女が笑顔で彼氏とじゃれ合う姿――それはそれはかわいいだろう。

　そんな私の妄想をよそに、氷川さんがうーんと唸った。

「サポートメンバーである市ヶ谷くんと青山さんはともかく、私やあなたのようなリーダークラスがイメージを掴めていないことは少々問題ですね」

「たしかに」

　私や氷川さんは、プロジェクトメンバー全員に方向性を示し、チーム全体をひとつの完成形へと導かなければならない。その私たちが顧客の要求するイメージを把握できないのであれば、指揮を執るなど不可能に等しい。

「朱石さん、明日のスケジュールは？」

氷川さんの突然の質問に、私は眉をひそめる。

明日は土曜日で会社は休みだ。もしかして、休日出勤してほしいと言っているのだろうか。

「とくにないですよ。なにかあるなら出社しましょうか？」

「では、会社ではなく、ここに行ってきてください」

氷川さんは青山さんのノートパソコンをくるりと回転させて、画面をトントンと指さした。そこにはＴＬＰの入場ゲートが映し出されている。

私は思わず「は？」と間抜けな声を漏らした。

「そ、それは、デートスポットにひとりで潜入してこいって言ってます？」

「まさか。私も同伴します」

「ああ、氷川さんも──って、ええ⁉」

思わず私は身を乗り出した。ＴＬＰにお堅い氷川さん⁉　似合わないにもほどがある。

そんな私の考えを察したのだろう、氷川さんは失礼だとでも言いたげに不機嫌な顔をした。

「あたり前でしょう。デートスポットにあなたひとりで行ってどうするんですか」

「いや……そうだけど……でも……」

むしろ、デートスポットに私と氷川さんで行ってどうするんだ、と問いただしたくなった。仕事のためとはいえ、ふたりで仲良くデートしろと？

青山さんは呆然としていて、その隣の市ヶ谷くんがすかさず異を唱えた。

「俺も行きます！」

「三人組でデートスポットなど行きたくはありません。却下」

「それなら私も参加します。そうすれば二対二で釣り合いが取れるでしょう」

じっと黙って聞いていたはずの青山さんまでもが手をあげた。

まさかの積極的発言に私と市ヶ谷くんは目を見開いた。氷川さんも意外だったのだろう、ちょっとだけこめかみをぴくりとさせた。

「結構です。私と朱石さんさえ把握していれば十分だ」

クールな青山さんは表情を崩さぬまま固まっていた。ひょっとしたら、断られたことに対してショックを受けているのかもしれない。

「それでは今日は解散としましょう。朱石さん。のちほど連絡します」

氷川さんはその場を無理やり締めくくって立ち上がった。

有無を言わさず、自分は仕事を全うしましたとでも言わんばかりにさっさと書類をまとめて会議室を出ていく。

「ちょ、ちょっと待って！」

　後片づけを若いふたりに任せ、私も急いで会議卓上に散らばったペンやら書類やらファイルやらを抱えて会議室を飛び出した。

　ヒールを慌ただしく踏み鳴らし軽く息を切らしながら、廊下の先を早足で歩く氷川さんに走り寄る。

「勝手に決めないでください！　どうして、あなたとふたりでそんなところに――」

「仕事だからです。不満ですか？」

「そりゃあ、あなたとふたりで行ったら喧嘩ばかりになるのが目に見えてますし、間違いなく恋人気分にはなれないと思いますけど」

　せめて市ヶ谷くんや青山さんも一緒だったなら、もう少し穏便な社会科見学ができそうなものを。どうして喧嘩になると分かっていて、あえてふたりで行こうとするのか。デートスポットで言い争いなんてまっぴらだし、周囲のカップルにもいい迷惑だろう。

　すると、不意に氷川さんが足を止めた。突然止まるもんだから、勢いあまって前に飛び出してしまった私を、彼は静かに見下ろす。

「では、〝流星〟とだったら、一緒に行ってくれますか」

氷川さんはごく自然な仕草で眼鏡を取った。その下には、少しやわらかくなった瞳。艶やかな唇が私の耳もとに近づいてきて吐息をこぼす。一瞬私は呼吸が止まった。

「仕事のためでかまわない。一日だけ、俺とデートしてほしい。光子にしか頼めないんだ。お願い」

そっと私の耳から唇を離して、困ったように微笑を浮かべた。愁い（うれい）を帯びた仕草で首を傾げ「ね？」と懇願する。

またそれだ。甘えるようにして、私の逃げ道を失くす。いいえだなんて、言えるわけがない。

こくりとうなずいてしまった私に、彼は頬を綻ばせた。

「よかった。楽しみにしてるよ」

そう言って、彼は私の右頬にそっと手を添えた。顔をゆっくりと近づけてくる。

え、待って、そのポーズ、もしかしてまた……

「ま、待ってください、こんなところで、そんな……」

「大丈夫。誰もいないよ」

「そ、そういう問題じゃなくて」

突っぱねた手を強引に掴んだ流星が私の体を引き寄せる。呆然と見上げた私の頬——というかもはや唇の端に、そっと口づけを落とす。

気が済んだのか、流星が私の手を放した。はずした眼鏡を指の先でくるくるともてあそびながら、口もとを押さえ固まっている私を甘い瞳で一瞥する。

「な、なんで、こんなこと……」

「困った顔の光子が、たまらなく愛おしくて」

そんな迷言を残し、彼は私へ背を向けて、廊下の奥へと立ち去った。歩いている途中で、彼が眼鏡をかけ直すのが見えた。

ほら、また。流星のせいで鼓動がドクドクいって止まらない。こうなってしまったが最後、しばらく彼の顔が頭の中を離れないのは経験済み。

この後仕事できなくなったら、流星のせいだ。

憤りを抱えながらオフィスに戻ろうとしたところで、ふと気がついて、足を止めた。

——私、今、怖くなかった……。

それどころか、ドキドキしてしまっているだなんて。私、どうかしてるのだろうか。

廊下のど真ん中でただひとり、説明できない気持ちを抱えたまま、呆然と立ちつくすのだった。

＊＊＊

「で。どうしてあなたたちがここにいるんだ？」

土曜日。デート日和の穏やかな青空の下。

ハートとピンクに彩られたＴＬＰの入場ゲートを前にして彼――〝流星〟は立っていた。

もちろん眼鏡などしていなくて、カジュアルなデニムなんかを穿いて、オフィスとはまったく結びつかない様相をしている。

「来なくていいって、言ったよねぇ……？」

低く唸った彼の正面に、申し訳のない顔をした私がいる。

そしてその陰に隠れるように、へらりと笑った市ヶ谷くんと、淡々とした表情の青山さんが立っていた。

昨日の帰りがけ、ふたりに問いただされた私は、待ち合わせ場所と時間を漏らしてしまったのだった。

「ごめん、その、どうしても来たいって言うからつい……」

「上司にだけ仕事をさせて、俺たちだけ休んでなんかいられませんよ。ね、青山さん？」

私の陰に隠れているのをいいことに、調子のいいことを言う市ヶ谷くんと、無言の肯定をする青山さん。

やけに晴れやかな顔の市ヶ谷くんへ、流星のこめかみ怒りマークが限度を超えたようだった。

「もう、好きにしろ！」

流星があきらめたように吐き捨てる。

「やったー！　先輩、一日楽しみましょうね！」

浮かれ切った声をあげて、私の腕に絡みついてくる市ヶ谷くん。

その無邪気なスキンシップに、思わず固まってしまう。

流星は胸もとからすばやい仕草で眼鏡を取り出し、自らを切り替えるかのようにそれをはめた。

「ちょっとそこ！　仕事ですよ仕事！　羽目をはずしすぎないでください！　って、青山さんもどさくさに紛れて引っついてこないでください！」

気がつくと青山さんまで氷川さんの腕に寄り添っていて、なんだか居心地よさそうにしている。

なぜか乗り気な市ヶ谷くんと青山さんに引きずられて、私と流星――いや、氷川さんは、ＴＬＰの入場ゲートをくぐった。

中は、区画ごとにテーマが設けられていて、入場ゲートに一番近い『ラブ＆キュート』の区画ではこれでもかというほどピンクのハートが敷き詰められていた。

幾重にも連なるハートのアーチの下にお土産屋さんや飲食店が軒を連ねていて、その外観はどれも淡いピンクやオフホワイトで統一されている。

歩道にもハートのタイルが埋め込まれ、植込みの植物でさえもハート型にカットされている。

果てはお土産屋さんの木製の扉の彫り込み細工や、蝶番でさえ、ハートがあしらわれていて、徹底したこだわりようがうかがえる。

そのどれもがあまりにかわいらしすぎて――

「これって、大人向けの施設よね……？　年齢層的には二十代、三十代？」

「そうっすよ。朱石先輩なんか、ドンピシャです」

「それにしては、ちょっと……子どもっぽすぎない？」

居場所のなさを感じて身を小さくしていると、同じ感想を抱いていた氷川さんが「たしかに」とうなずいた。

「入場ゲートでも感じましたが、ここまで人を選ぶ奇抜な装飾を入口付近に施すとは。これでは、見た瞬間に引き返す客もいるのでは」

「この斬新な配置が、昨年度のリニューアルで功を奏したようです。入場ゲートをくぐった瞬間、ファンタジーの世界にトリップしたかのような感覚を味わえると、好評なようですよ。とくに女性からは」

　青山さんが答え、私たちはなるほど、と興味深げに周囲を見回す。

「女性はどんな年齢になってもかわいらしいものに憧れるということなのでしょう。もし、これを朱石さんが居心地悪いと感じてらっしゃるなら、とんでもない天邪鬼（あまのじゃく）か、楽しもうという気合いが足りないかどちらかです」

　淡々とした口調だが、内容はあからさまに私に対する批難が入っていて、思わずうっと唸る。

「私たちが楽しまずして、クライアントの相模様の気持ちを理解できるでしょうか。プライドを捨てて心ゆくまで楽しもうと努力してください、朱石さん！　生半可な気持ちでは、なにも得ることができません」

　あれ？　彼女ってこんなキャラだったっけ？　ひょっとして、イベントごとに気合い入っちゃうタイプ？

「そ、それを言う青山さん自身はこの場所に馴染めているの？」

「私はそれなりに楽しんでいます！」

先ほどから絡ませていた氷川さんの腕をきゅっと抱きしめながら、青山さんが力強く答える。

うん、そのふたりの体勢にも、ツッコミどころが満載だ。

当の氷川さんは、かわいい女の子に腕を回されているにも関わらず、複雑な表情を浮かべていた。はっきりと拒否こそしないものの、どことなく嫌がっている。

「……いや。だから。いちいちしがみつかなくても——」

「郷に入っては郷に従え、氷川さん、今日は恋人同士という設定でよろしくお願いします」

「……そこまでの本気は求めていないんだが……」

やる気満々の青山さんに、氷川さんは額に手をあてて沈痛な面持ちでため息をついた。どうやらいろいろとあきらめたようだ。

「朱石先輩！　俺らも恋人同士楽しみましょうよ！」

市ヶ谷くんが私の左手をきゅっと掴む。指と指を絡ませて、しっかりと繋いだ後、私へにこりと微笑みかけた。

笑顔を引きつらせながら、『離して』とも言えず、私は引きずられていく。それを見ていた氷川さんがあきれた声をあげた。

「おい。君まで繋がなくていい。手を離しなさい。君の場合、下心が見え見えなんですよ。ほら、彼女も嫌がっているでしょう」

「そんなことないですよね、朱石先輩⁉」

実際は困っていたのだけれど、市ヶ谷くんのキラキラした瞳に気圧されて、うなずくことしかできなかった。はぁ、と氷川さんのため息が聞こえてくる。

手を離すチャンスを失った私は、市ヶ谷くんに先導されるがまま、デートを楽しむ恋人たちの波の中に紛れるのだった。

『リラクゼーション&ボタニカル』の区画へとやって来た私たちは、テラスのあるカフェで小休憩を取ることにした。

ボタニカルをテーマにしているだけあって、南国をイメージした植物があちらこちらに植えられている。建物はどことなくハワイアンテイストで、キャストも大柄な花のワンピースやアロハシャツを纏(まと)っていた。

休憩を取ることにしたこのテラスは、私の顔よりも大きな青々とした葉っぱや真っ赤なハイビスカスの花に囲まれていて、小さな滝壺とそこから流れる清流が涼やかなせせらぎの音を奏でていた。

　ふたり掛けしかない木製のガーデンテーブルを無理やり寄せてきて、四人掛けの席を作った後、私と市ヶ谷くん、氷川さんと青山さんがそれぞれ向かい合って座った。

テーブルの上は、パンケーキやドーナツ、グラスにハイビスカスの刺さったジュースなどで彩られている。

「はい、あーん」

　市ヶ谷くんが私の口もとにパンケーキを持ってくる。もちろん市ヶ谷くんの使ったフォークで。

　間接キスになってしまうだろうか。とはいえ断るのもなんだか申し訳なくて、仕方なく私は口を開く。

「だからそういうことはしなくていい。それよりも、少しはクライアントの発言の意図を考えてください。区画ごとにテーマがまるで違う。これでは、なにを思い浮かべながら言ったのか、見当がつかない」

　氷川さんが悩まし気な顔で首を振る。

たしかに、各々の区画には統一感がまるでない。私もつられて押し黙ってしまう。

「それなら俺、なんとなく分かる気がします」

あっさりと言い放ったのは市ヶ谷くんだった。

「TLPと言ったら、まず連想するのはアレですよ。このパークの中心に立つ、ラブ・キャッスル」

市ヶ谷くんが私のはるか後方を指した。南国の葉っぱとハイビスカスの隙間から見える景色の上方に、槍状に鋭く尖った城の屋根が見える。

青山さんが独自で調べてきた情報をつけ加える。

「最近話題に上がっているのは、先月オープンした新アトラクション、ラブ・エクスプロージョン——ジェットコースターです。相模様は新しいもの好きのようですので、真っ先にチェックしていることでしょう」

「なんだ、あなたたち。あたりがついていたのなら先に言ってください。無駄にパーク中を歩き回ってしまったじゃありませんか」

氷川さんが額を押さえて頭痛を押し殺すように突っ伏した。

ケラケラと笑いながら市ヶ谷くんが氷川さんの肩を叩く。

「せっかく来たんですから、もっと楽しみましょうよ！　急がば回れって言うじゃないですか！」

「君はずいぶんと楽しそうですね……大好きな朱石先輩とデートできて満足ですか？」

「はい！　もちろん！　……できれば、ふたりきりで来たかったですけど」

「……君は素直な子だ」

　ふたりの会話を聞きながら、なんとも言えない居心地の悪さに襲われて、私は黙り込んだ。ジョークだとしてもそんなふうに言われるのは気恥ずかしい。

　まったく、市ヶ谷くんは調子がよすぎてときどき困ってしまう。先輩をそんなふうにからかうなんて……。

　無駄にジュースをすすりながら、強引に話題を戻してごまかした。

「じゃあ、休憩が済んだら、そのお城とジェットコースターを見学しに行くってことで。みんなＯＫ？」

「ＯＫです！」

「分かりました」

「はい」

　全員の了承を得て、そして話題が逸れたことに安堵して、私は残りのジュースを一気に飲み干した。

　デートスポットのジェットコースターなんて、たいしたものじゃないだろう。

そんな思い込みで余裕をかましていた私だったが、現物を目の前にして絶句する。

はるか上空にある滑走路、垂直に近い落下角度、足場がなく膝から下がぶらぶらと不安定に揺さぶられるコースターの形状。挙句の果てに、座る向きが通常の乗り物とは逆向きで、背中からすべり落ちることになる。

眺めるだけで身震いがした。もともとジェットコースターなんて得意じゃないのに、こんなものに乗れるわけがない。

「あの、私、ここで待っていてもいいかな……？」

ジェットコースター乗り場から伸びる順番待ちの列の最後尾につきながら、私は恐る恐る手をあげた。

「ダメですよー、これがここの一押しなんですから」

「行こうと言ったのはあなたでしょう」

「意外に楽しいかもしれませんよ」

全員が口々に私をたしなめる。どうしてみんな平気な顔をしていられるのだろう。

「無理……」

「大丈夫ですよ！　俺がついてますから！」

「だいたい、これのどこがキラキラ、クラクラだって言うの？　高いところ走ってるだけじゃない!」

「朱石さん、あそこを見てください。コースターのレールが室内へと続いています。あの中にヒントが隠されているかもしれません」

「……じゃあ、三人だけで行ってきて!」

順番待ちの行列はすでに進み始めていて、前後の客に挟まれ、簡単には身動きの取れない位置にいた。

それでも私は人ごみをかき分け、なんとかひとりだけ列から脱走する。

「それなら私もパスしましょう。絶叫系は苦手なので」

そう宣言した氷川さんが、周囲の人々に体を擦らせて嫌な顔をされながらも、無理やり列から抜け出した。

「ちょっと!　氷川さんまで!」

追いかけようとした市ヶ谷くんを氷川さんが声を張り上げて制す。

「せっかく並んだんですから、そのまま乗ってください」

私の隣まで逃げ出してきた氷川さんが、ふたりへ指を突きつけて指示した。

「このアトラクションの調査はふたりに任せましたよ。私たちはラブ・キャッスルの方を調べてきます」

やられた！という市ヶ谷くんの悔しそうな顔。青山さんですら困惑している。

ふたりを鋭い視線で馴らした氷川さんは、今度は私に向けて合図を送る。『黙ってついてこい』そう言われたような気がした。

待ってくださいよ！と絶叫する市ヶ谷くんに目もくれず氷川さんはずんずんと歩き進める。

私は何度か振り返り、彼らを気にしながらも、仕方なくその場を後にした。

私と彼の初めての共同作業・後編

「あ、あの氷川さん……?」

市ヶ谷くんと青山さんをジェットコースターの行列に置いて、さっさと抜け出してきた私たち。ふたりの姿が見えなくなったところで、私は氷川さんに声をかけた。

「もういいでしょう」

氷川さんはそう言い放ち、眼鏡をはずす。

まるでこのタイミングを待ちわびていたかのように、両手を上へ高らかに伸ばし、気持ちよさそうに伸びをする。

「あーやっと解放された! こんなところに来てまで真面目な上司やらせないでよ、まったく」

眼鏡をかけていたときよりも大きく感じられる麗美な瞳が、気だるげに瞬いた。

〝流星〟だ。今日初めて会ったかのようにドキリと緊張が走って、思わず胸の前で両手を握りしめた。

緊張する私を見てニッと微笑んだ流星が、一歩こちらに近づいてくる。余計に身を硬くする私。

　そんな私をおもしろがっているのか、また一歩、距離を縮める。

　仲良く肩が並んだところで、胸もとでがっちりと組まれた私の手にそっと触れる。

　まるで、怯えた心を解きほぐすかのように、右手の指の緊張をひとつずつ解いて、代わりに自分の指をきゅっと絡めた。

　トクン、と胸が震えた。押し寄せてきたのは恐怖ではなく、熱っぽさだった。

「やっとふたりになれた。さ、行こうか」

　大輪の笑顔を咲かせて、流星が私の手を引いた。

「あ、あの」

「ん？」

「手……繋がなくていいって、さっき、市ヶ谷くんに言ってたじゃない――」

　私が解こうとした手を流星は無理やり握り直す。それどころか、離すもんかとでもいうように、きゅっと力を強めた。

「仕事のときはね。でも、今は仕事じゃなくデートだから」

「デ、デート？」

「うん。ふたりきりになった瞬間から、これはデート」

パチリとしなやかな仕草でウインク。

反対にしなやかじゃない私の心臓はバクンバクンと乱れだす。

「ね、ちょっと寄り道していかない？」

そう言って流星が指した先は、細い路地になっていて、両側には小さな屋台がずらりと軒を連ねていた。

赤やオレンジの華やかな提灯がぶら下がっている。わたあめ、たこやき、ヨーヨー釣り、型抜き、まるで小さなお祭りだ。

「あ、懐かしいなぁ」

そう言って流星が足を止めたのは、射的の屋台だった。

「俺、結構得意かも。見てて」

そう強気に宣言した流星は、店番をしているはっぴを着たお祭りピエロに、ポケットから取り出した百円を渡した。

ピエロから弾となるコルクを受け取り、射的銃の先端に詰め、かまえる。

ピンクと白の紅白幕で覆われた台座の上で等間隔に並べられている玩具の中から、どうやら小さなクマのぬいぐるみを狙っているようだった。

パンッ！と軽い音が弾けた。

コルクはクマの右腕にあたり、わずかに体を回転させる。が、落とすまでには至らなかった。お祭りピエロが残念でした〜とでもいうふうに肩を竦める。

自信満々だった割には結果がさんざんで、私は思わずプッと吹き出した。

「笑わないでよー、じゃあ光子もやってみて」

流星は頬を膨らませながら私へ銃を差し出す。

射的なんてやったことないけれど、つまり狙って打てばいいだけだよね？

なんだか簡単そうに見えて、自信満々で銃を受け取った。見よう見まねでコルクを詰め、自分の右側にかまえる。

パンッ！と弾けて、手の中で銃がわずかに跳ねた。

弾はクマにかすりもしなかった。どこへ飛んでいったのかすら分からず、「あれ？」と首を傾げる私と、ひらひらとおどけるお祭りピエロ。

「ふふ」と横から笑い声がした。目を向けるとドヤ顔でこちらを見下ろしている流星。

「し、仕方ないじゃない！　初めてだったんだから！」

思わず顔を赤くさせると、流星は私の背中に回り込み頭の上でつぶやいた。

「素直に教えてって言えばいいのに」

両側から彼の手が伸びてきて、私の正面で銃を手に取った。体を背後から包み込まれて、思わず「わっ」という小さな悲鳴が漏れた。

「まず、弾はこうやって詰めます。真っ直ぐ、強めにね。押し込んだ方がたくさん飛ぶから」

私の右耳のところで、彼がささやく。また悲鳴を漏らしそうになって、私はなんとか耐え忍んだ。

ぴくりと震えてしまったことに気づかれただろうか、彼が小さくクスリと笑った気がした。

「で、腕を思いっきり伸ばしてかまえて。的から近い方がいい。下から突き上げるように、的の右上を狙うんだ。そうすれば倒しやすい」

流星の腕が私の両側をぐっと挟み込む。

密着した体がすごく温かくなって、どうしようもなく緊張して、銃を持つ手が震えた。その震えごと流星は私を力強く包み込む。

「いいよ。引いて」

言われるがまま、私は引き金を引いた。

パンッという音とともに、今度こそクマが吹っ飛んだ。軽く跳ね上がってうしろに転げ落ちる。お祭りピエロが鐘を鳴らし、ぴょんぴょんと踊りながら落ちた小さなクマを拾いに行く。

「あたった！」

「上手上手」

ピエロからクマを受け取って、じゃあ今度はひとりでやってみて、と、流星は私の体を解放した。私は今教わったことを思い出しながら、クマの隣に立っている小さなウサギの置物を狙う。

パンッという軽快な音とともに、ウサギの置物が後方へ倒れた。勢いを殺し切れず、台の下へ転がり落ちる。

「やったぁ！」

「すごいすごい」

振り返った私に、流星は拍手でうなずく。

「光子はいつも飲み込みが早いね」

「……いつも？」

「仕事でも、すぐに技術を吸収するでしょ？」

「……え？」

そんなふうに思われていたなんて。彼からの褒め言葉はなんだかいつもくすぐったい。

流星はお祭りピエロからウサギの置物を受け取ると「ねぇ、あんず飴好き？」なんて言ってさっさと次の屋台を目指す。

「パチンコであてたらふたつもらえるって。今度こそ俺に任せて」

あんず飴の屋台の前で、意気揚々とパチンコ台に向き合う流星。昔ながらの懐かしい、手作りのパチンコ台だった。

手もとのピストンに弾かれて、青いマーブル柄のビー玉が飛び出してきた。台の上に刺さった釘にあたってカンカンと転がり落ちる。

ビー玉は一番下に落ちる前に〝あたり〟と書かれた釘の袋小路にはまって止まった。

「よし！　あたった！」

無邪気に喜んで、屋台の店番ピエロからふたつのあんず飴を受け取る。

「はい。どうぞ」

満面の笑みを浮かべた流星が、私へひとつ差し出す。

「ありがとう……」

思わず彼の笑顔まで受け取って、私はあんず飴へかぶりついた。さっきまで氷の台にのせられていた飴は、ひんやりと甘くて、心地いい。

そんな私を見て、流星はふう、と小さく息を吐いた。

「緊張が解れてきたみたいだね。少し安心した」

「え？」

「気づかなかった？　さっきまですごく表情が硬かったよ」

たぶんそれは、男性とこんな場所でふたりきりになったからだ。加えて、強引に手を握られたから。

でもそれは流星が嫌だったとか、そういうわけではなくて……。

「ごめんなさい……普段こんなところ来ないから、どうしたらいいか分からなくて」

「正直、俺とのデート、そんなに嫌なのかなぁって不安だった」

「そ、そういうわけじゃ……」

「俺より、市ヶ谷くんと一緒の方がいい？」

ちょっと真面目な顔になって、流星が私を覗き込む。

表情の変化を一ミリも見逃すまいというように、清廉な瞳が真っ直ぐに私を射貫く。

「そんなことは……」

困り果てた私を見て、流星がクスリと吹き出した。

「俺が目の前にいるんだから、嘘でも俺と一緒がいいって言うでしょ普通。まったく、本当に手厳しいな……」

自嘲する流星。あきらめたように肩を竦めて背を向けた。その背中がちょっぴり寂しそうで、なんだか悪いことをしたみたいに胸が疼いた。

「……流星と、一緒がいいです」

慌てて取り繕う私に、ちょっと驚いた顔の流星が振り返る。

「……無理しなくていいよ。そんな顔してないで。笑っててよ」

そう答えて、私の頬を指でトントンとつつく。

笑顔になるどころか余計に表情が硬くなってしまったような気がして、私はうつむいた。

「……じゃあさ」

落ちた視線の先に、彼の左手が現れて、驚いた私は彼を見上げる。

「繋いでて、いい？」

いつも強引なくせに、突然謙虚にお伺いを立ててきて。

困惑しながらもうなずくと、それを確認した流星は、私の右手を優しく握った。

やっぱり、流星だと手を繋がれても怖くない。それどころか、心地のいい緊張感にじんわりと包まれて——

……もう少しなら、繋いでいてもいいかもしれない。初めて、そんなふうに思うことができた。

ときたま流星は、こちらの様子をうかがうように振り返って、小さな笑みを投げかけてくる。そのたびに、私の心の中には火が灯るような、熱くてむずがゆい感覚に襲われる。

「……なにか光子が喜ぶようなアトラクションとかないかな……あ、あんなのどう?」

辺りを見回していた流星が、路地を抜けた先に見える大きな施設を指さして言った。その区画はこれまでとはガラリと趣向を変えた『ゴシック&ロリポップ』をテーマに掲げていた。

流星が指し示した施設は、横に長い真っ黒な外観の建造物で、屋根はプラネタリウムみたいに丸くなっていた。入口のところにオレンジ色の血文字で大きく「Ｔｒｉｃｋ ｏｒ Ｔｒｅａｔ」と書かれていて、ファンシーなお化けが手招いている。

「これは……」

「お化け屋敷、かな?」

「お、お化け屋敷はちょっと……」

私は立ち止まって、先に進もうとする流星の手を引っ張った。ジェットコースター理解できない。

とかお化け屋敷とか、どうして人はわざわざ恐ろしい場所を好むのだろうか。私には
「お化け屋敷も苦手なの？　見なよあのかわいいお化け。怖そうに見える？」

「お化けはお化けじゃない！」

必死に抵抗を示す私を見て、流星はあきれ笑いを浮かべた。

「大丈夫。怖くなったら俺にしがみついていればいいよ。ほら、おいで」

せめて入場待ちの行列でもできていれば断る言い訳になったのに、こういうときに限ってスムーズに入れてしまったりする。

「ほら、並んでもないし、たいして怖くないってことじゃないかな」

そんな適当な予想を立てて、流星はお化け屋敷の中へと私を連れ込んだ。

中は真っ暗で、天井から吊るされたオレンジ色のランプだけが、辺りを薄っすらと照らしていた。

おぼろげに浮かび上がる石を敷き詰めた歩道。真っ直ぐに伸びたその歩道を歩いていくと、やがて両側に十字架と墓石のような影が浮かび上がった。どうやら墓地の設定らしい。

もやのような白い塊が、ふわりふわりと幻想的に宙を舞い、やがてそれは私の目の

高さまで降りてくる。かわいらしいお化けの顔をしていた。

顔にぶつかってもなんの感触もないところから、ライトで作られた幻影なのだと分かった。

「ほら、かわいらしい」

「そうだね……」

全然怖くなくて、私はホッとする。

安堵で気が緩んだ、そのとき。けたたましい悲鳴が背後から降ってきた。

慌てて振り返った私たちの前に立ちはだかったのは、頭から血を流したゾンビ。

「きゃあ！」

気がつくと、流星の手を握ったまま私は走り出していた。

「つうわっ！」

突然強く引っ張られた流星が別の意味の悲鳴をあげる。

ひとしきり走ると、墓地の風景が変わりゾンビの姿も見えなくなった。

「あー、びっくりした」

額を拭う私を、冷ややかな目で見つめる流星。

「いやいや、びっくりしたのは俺だから。急に走り出すなんて」

「だって、今、ゾンビが――」

言いかけたそのとき。天井からなにかが降ってきた。

周囲に赤い糸のような閃光が張り巡らされ、それに射貫かれて照らし出される。羽がもげて血が滴り、真っ赤な目をひんむく――カラスの死体だった。

「ひっ！」

再び私は流星の手を取って走り出した。

「ちょ、待っ、落ち着い――」

流星のクレームが聞こえた気がするが、それどころじゃない。

しばらく走った先は、拷問部屋で、いっそう恐怖心が増した。ギロチンがガチャンと音を立て、骸骨の首が転げ落ちる。蓋の裏に無数の針がついた棺桶が、バタンと閉まり、気色の悪い肉が裂ける音と悲鳴がこだまする。

ゾンビがナタを振り回し、黒猫が裁断されていく――地獄のような情景。

「やだ……もうやだ……」

私は流星の背中に目を押しあてて、なにも見えないようにした。

「分かった分かった。じゃあ目をつぶったままでいいから、歩くよ」

そう言って流星は、私の肩にそっと手を回し、自身の懐に招いた。ゆっくりと私の体を前に先導する。

「ここ段差。気をつけて。ほら、もうすぐ出口だ」

瞼の上から真っ白な光が差して、目を開けた。

そこはもう出口の外だった。暗い場所にいた分、余計に太陽が眩しく感じられる。

力が抜けた私は、その場にへたりとしゃがみ込んでしまった。

「疲れた……」

「ははは。そこまで苦手だったとはね」

私の横にしゃがみ込み目線の高さを合わせながら、流星が軽口を叩く。

「だから嫌だって言ったじゃない！」

「こんなに怖がるとは思わなかったから。それにしても――」

流星は私の手を取って助け起こしながら、含み笑いを浮かべる。

「光子って本当に、臆病というか、小心者というか……。俺が触れるといつも震えて固まっちゃうし、さっきだって、市ヶ谷くんに無理やり手を掴まれて、怯えてた。普段はバリバリ仕事をこなして『鉄の女』なんて呼ばれているくせに、これはある種の詐欺だね」

詐欺だなんて。流星にだけは言われたくない。

「そんなの誰かがおもしろがって勝手につけた名前です。仕事は自信を持ってやっているけれど、それ以外はからきしだし」

「ほかにも、女傑とか、どんなに揺さぶりをかけても揺るがない女とか、言い寄ってきた男性社員を五十人振ったとか」

「そもそも、男性社員に言い寄られたことなんてないし」

「そりゃあそんな噂が流れていたら、怖くて誰も言い寄れないだろうね」

　流星はカラカラと無責任に笑う。

「私ひょっとしてみんなから嫌われてるのかな……」

「みんな光子の仕事ぶりを評価して言ってるんだ。……まぁ、男性社員からは妬みも買っているかもしれないけれど。少なくとも女性社員からは好感を持たれていると思うよ」

「どうして？」

「俺が光子を嫌っているように見せているからね。俺と言い争いをしているだけで、ほかの女性社員は光子を好意的に捉える」

　それは、青山さんが女性社員から嫌われていることの逆だろうか。憧れの男性のそばにいる女性は嫌われて、最も遠いところにいる私は好まれる。

醜い嫉妬心の話なのに、さらりと受け流して冷静に分析する流星に狡猾(こうかつ)さを感じた。

「……もしかして、それでわざと私に突っかかってくるんですか」

「いや。単純に〝氷川〟としての俺が光子の仕事ぶりを許せないだけだよ」

「そ、そう……」

いい人であることを期待してしまっていた自分を諌(いさ)める。そうだ。〝氷川さん〟と私は水と油だった。

私たちは本来の目的地であるラブ・キャッスルの方へ歩みを進めながら話を続けた。

「……そもそも、どうして別の人格を演じているんですか？」

私の質問に、流星は一拍、逡巡(しゅんじゅん)するかのように沈黙。やがて、視線をどこか遠い彼方に向け吐露した。

「単純なことだ。今あの会社――美倉広告企画に求められている人材が〝氷川〟のようなやつだったってだけだよ」

「求められている……人材？」

眉をひそめる私に、少し困った顔で流星は答える。

「上層部はきっちりしたタイプの社員が好きなんだよ。昔、アウトローな社員に痛い目見せられて、こりたからかな」

アウトローな社員？　そんな人いただろうか。けれど、私が質問を口にする前に、流星ははっと笑い飛ばした。

「だいたい、そのままの俺たちがツートップだったら、ずいぶんと勢いだけのどんぶり勘定な部門になりそうでしょ。氷川くらいがちょうどバランスいいんだ」

部門全体のバランス——そんなことは考えたこともなかった。

私が好き勝手やりたいようにしている最中、彼はそんなところに気を使って自身の立ち居振る舞いを決めていたのか。私のダメなところを氷川さんが拾って、あるいはその逆で、たしかに理にかなっているのかもしれないが……。

けれどそれって、流星が自分を偽ることで保たれているわけだよね？

「自分を押し殺して、つらくはない？」

思いきって尋ねてみたら、流星は驚いた顔で私を見返してきた。

「そうまでして、どうしてこの会社で働き続けるの？　お父様、偉い方なんでしょう？　その気になれば、どんな会社にでも入れるんじゃない？　ううん、お父様に頼らなくたって、流星ほど仕事のできる人だったら、ほかの会社に転職することだって……」

無理をしてまでこの場所に籍を置き続ける理由とはなにか。同じ規模の広告会社なんて世の中にいくらでもあるのに、どうしてここでなければならないのか。

流星は答えづらそうに、ふいっと視線を逸らした。もしかして、なにか失礼なことを聞いてしまったのだろうか。触れられたくないことのひとつやふたつ、誰しも持っているだろう。無神経だったかもしれない。

「ごめん、答えたくないなら――」

「……憧れていた人がいてね。どうしてもこの会社がよかったんだ」

流星が、目線を遠くにやったまま、静かに答えた。よく耳を澄ませなければ聞き逃してしまいそうなつぶやき。なんとなく、これ以上詮索しちゃいけないような気がした。

「そう……」

うつむいて押し黙ると。

「辛気くさい話してごめん。せっかくのデートなのに」

不意に背中から抱きつかれて、飛び上がりそうなほど驚いた。

「りゅ、りゅうせい～」

もうこうして触れられるのは何度目だろう、でもそのたびにいちいち真っ赤になってしまう自分が恥ずかしい。

そんな私を見て「からかい甲斐があるなぁ」と流星はクスクス笑う。

「さて、ずいぶんと寄り道してしまったけれど、とうとう本来の目的地だ」

私たちの前に、ヨーロッパの古城を思わせる巨大な白亜の城が立ち塞がる。

このテーマパークを象徴するメインアトラクション、ラブ・キャッスルへと、とうとうたどり着いたのだった。

入口の案内版を眺めながら、流星がつぶやく。

「体験型アトラクションねぇ……。ふたりの愛で試練を突破せよ、だって」

「……どういうこと？」

「行ってみた方が早そうだ」

いざ入ってみると、外観とは打って変わって、中はアスレチックのようだった。

動く床、バランスの悪い吊り橋、足場の少ない崖。失敗すると、発泡スチロールが敷き詰められた海に真っ逆さまだ。

中には鉄棒にぶら下がって向こう岸に渡るなど、身体能力を問われるものもあり、学生時代から体育が苦手だった私にとっては難易度の高いものだった。

「流星、こんなの無理だよ……」

尻込みする私をよそに、流星はシャツの袖をめくり上げ、ほどよいバランスをした逞しい腕を肩口から覗かせた。

「大丈夫。男女ペアのうち、どちらかがクリアできればいいって書いてあるよ」

ニヤリと唇の端を上げ、やる気満々といった顔つきでゴールを眺める。

「全部俺がクリアすればいいんでしょ？　運動神経にはちょっと自信あるんだよね」

宣言通り、流星の活躍は、目を見張るものがあった。

ぐらぐらと揺れる浮石の上を一足飛びに走り抜けて、私では絶対登れないような傾斜も軽々と駆け上がる。

周りのカップルが次々と脱落する中、余裕でアトラクションをクリアしていった。

見事な身のこなしに、いつしか周囲の人々の視線すら釘づけにして、ひとりゴールへの道を独走する。

「見て見て！」「あの人、すごいな」「恰好いい！」感嘆の声や黄色い悲鳴までが混じりだし、完全に流星の独壇場だ。

壁に脚をかけてロープにぶら下がりながら、流星が叫んだ。

「光子が応援してくれたら、もっとがんばれるんだけどな！」

軽く汗ばんだ肌を光らせて、爽やかに笑う流星が、ただ純粋に恰好よくて……私はほとんど動いていないはずなのに、鼓動が速くなってくる。

「……流星！　がんばって！」

躊躇いつつも叫ぶ私に、たどり着いた高台からグーサインを送ってくれる。今まで見せたことのない、無邪気な笑顔で。完全にただの男の子に戻ってしまっている。また私の知らなかった一面を見つけてしまった。今度はとびきりかわいいやつを。

最後の試練は、ロッククライミングのような激しい岩場だった。頂上にたどり着いた流星が、最後の難関、長距離ジャンプゾーンへと差しかかる。

向こう岸にジャンプしなければならないのだが、かなりの距離と高さがある。空中にはロープが張られていて、怪我をしないように配慮はされているが、普通の人なら脚が竦んでしまう高さだろう。

けれど、流星は怯まない。助走をつけて、一気に飛び上がる。宙を舞い、走り幅跳びの要領で向こう岸へとすべり込む。

「すごいよ流星！」

私は脇の補助通路を使って、流星のもとへと向かった。

「最後はふたりで、走れってさ」

流星は笑顔で、少し高いところから私の体を引き上げるように手を伸ばした。

あまりの無邪気さに、迷うことすら忘れてその手を取る。

私たちは、試練をクリアした者しか通れない特別な通路を、手を繋ぎながら走った。

しかし、突然、周囲の電気が消え、光ひとつない真っ暗闇に放り込まれる。

「きゃあっ」

心細さに、繋いだ手を頼りにしがみつくと、求めに応じるかのように、流星の腕が私の肩を抱いた。

体をびくりと震わせてしまった私だけれど、その動揺は、すぐさま周囲を満たした光の渦に消し去られた。

それは息を呑む光景だった。

闇の中、無数に瞬く光の粒子。私たちを取り囲むように広がる満天の星。言葉にならないほど美しく、どこか儚い。

明滅する星たちが閃光となりいっせいに同じ方向へと向かい、私の方が動いているのではないかという錯覚に陥る。

キラキラ、クラクラ、まさしく、私たちが探し求めていた答え、そのものだった。

「光子、歩ける?」

「ダメ……目眩が……」

「……掴まって」

次の瞬間、私の体は持ち上げられ、流星の腕の中にすっぽりと収まっていた。

「ちょっと、流星⁉」

「歩けないんでしょ？」

私をお姫様のように抱きかかえたまま、流星が歩き出す。

彼の歩調よりずっと速い速度で、鼓動が打ちつけていた。恥ずかしい。けれど、ほんの少しだけ、うれしくて……。

正面にゴールが見えた。すぐそこだ。けれど流星は立ち止まって、まるでこの瞬間をもったいぶるかのように、私に視線を落とした。

「クライアントの相模さんが言ってた『キラキラ、クラクラ』の答え、見つかった？」

「うん。この星空のことだよね」

「そうだね。でも、それだけじゃないだろう？　ただの綺麗な星空なら、プラネタリウムでいいわけだし」

まるで、私の思考を引き導くように、流星が問いかける。

「相模さんがなぜこの場所を選んだのか。教えてあげようか」

小さくうなずき、その答えを求めると、星空を映してキラキラと瞬いていた瞳がゆっくりと細くなり――

「目を閉じて」

私の鼻先で、彼がささやく。どうしてその言葉に従ってしまったのか、自分でもよく分からない。

目をつむると同時に、やわらかく、温かく、優しい感触が唇に触れて、私の中に彼の吐息が流れ込んできた。

「……んっ……」

思わず声が漏れた。胸の奥が熱くなっていくのを感じる。

その唇の感触が、じんわりと全身に広がって、私の体を、心を、麻痺させていく。

やがて唇がその温もりを失って、ゆっくりと目を開けると、目の前には穏やかに微笑む彼がいた。

息苦しい。けれどそれは恐怖じゃない。鼓動が信じられないくらい強く、大きくなり、振動となって彼に伝わってしまいそうだ。

「答え、分かった？」

彼のささやきに、私は再び小さくうなずく。

もしかしたら相模さんも、この光景に酔わされて、隣にいた彼女とこんなふうにキスを交わしたのかもしれない。

今、私が感じているこの胸の高鳴りこそが、相模さんが表したかった世界観、そのものなのだと、はっきり分かった。

「吊り橋効果って知ってる？　緊張や恐怖を共有した男女の間には恋愛感情が芽生えるんだって。脳が心拍数の上昇を恋だと錯覚するらしい」

無事ゴールにたどり着き、アトラクションを出た私たち。人の少ない道を選んでのんびりと歩きながら、流星は心理効果を論理的に分析した。

「ともに苦難を乗り越えゴールしたカップルは、その吊り橋効果で愛が深まる。もしかしたら、相模さんもそうだったのかもしれない」

「でも、それって錯覚なんだよね？」

遠回しにあのキスが間違いだったと言われたようで、愕然（がくぜん）とした。

「光子が俺のキスを受け入れてくれたのは、吊り橋効果だったのかもしれないね。でも……」

私の肩を流星が力強く抱きしめた。

「俺のは錯覚なんかじゃないから」

はっきりとそう告げて、私のこめかみに唇を寄せた。熱い吐息を吹きかけられ、カッと頬が紅潮する。

「ねぇ、このまま一緒に、姿くらましちゃおっか。誰にも邪魔されないところで、ふたりだけの時間、過ごそうよ」

「……突然、なに言って……」

「光子の錯覚が覚めてしまわなければいいのに。こうやって、このまま……」

掠れた言葉とともに、私の体をぎゅっと包み込む。彼の力に息ができなくなって、酸素の回らない頭が真っ白になる。

錯覚――なのだろうか。この流星への感情は。

キスを許してしまったことも、この抱擁を嫌がることなく受け入れていることも。

男性に対する恐怖心が、流星のときだけは、心地のいい胸の高鳴りに変わることも。

答えが出せないまま、時間だけが過ぎた。五秒、十秒が、五分、十分にも感じる。

やがて、流星は私の体をそっと解放した。まるで、なにかをあきらめたように。

「やっぱり、なにも言ってくれないんだね」

物憂げな瞳。深い漆黒の双眸が、哀しみに沈んでいた。

そうさせたのはきっと、なにもできなかった私だ。

「困らせて悪かった」

そう告げて、流星は背を向ける。

「あの、流――」

呼び止めようとしたとき、背後から聞き覚えのある声が響いた。

「あー！　こんなところにいた！　いったいどこ行ってたんですか！　探したんですよ⁉」

駆け寄ってくるひと組のカップル。市ヶ谷くんと青山さんだ。

ただでさえうなだれていた流星が、よりいっそうげんなりとした。

「あなたたちか。クライアントの言いたいことは分かったから、もう帰ろう」

「待ってください」

制止したのは市ヶ谷くんではない――青山さんの方だった。

流星の前に進み出て、彼を正面からしっかりと睨みつけた。物怖じしない彼女は行動パターンが掴めなくて、ハラハラさせられる。

「私は、まだラブ・キャッスルを体験していません」

「かまわないよ。業務に支障はないだろうから」

「ここまで来たのに、私だけ、なにも得ずに帰れと言うんですか？」

彼女は冷静に、淡々と、流星に詰め寄った。

彼相手にここまで堂々と立ち向かえるのは、正直すごいと思う。私だって、ちょっとした気合いが必要なのに。長い年月、仕事をともにしてきた関係は、だてじゃないということかもしれない。

彼の眉が、少しだけ神経質そうにぴくりと跳ねた。

「それなら、あなたと市ヶ谷くんでラブ・キャッスルへ入ってくるといい。私と朱石さんはここで待っているから」

「私は、流星と入りたいのに」

え……？

思わず目を見開いて、自分の耳を疑った。

今青山さんはなんと言ったか。『流星』と——下の名前で呼ばなかったか？

流星の目がすっと細くなった気がした。

表だって感情を出す様子はない。だから彼がなにを考えているのか想像がつかないけれど、でも彼の中のなにかが触れた、そんな気がした。

「一緒に、入ってくれませんか？　氷川さん」

青山さんがもう一度呼びかけたときには、もういつもの呼称に戻っていて、聞き間違いだったのかな、と思った。

だって青山さんが氷川さんのことを、馴れ馴れしく下の名前で呼ぶわけないじゃないか。礼儀正しい彼女がそんなことをするとは思えないし、今までだってそう呼んでいるのを聞いたことがない。

青山さんに真剣に懇願され、それを断るほどの理由はなかったようだ。

「……彼女と入ってきますので、少々待っていてください」

それは、流星にしては生真面目で、氷川さんにしてはやわらかかった。

どちらとも取れない口調で私と市ヶ谷くんに言い渡すと、青山さんを連れて入口へと歩いていった。

ふたりのうしろ姿を私と市ヶ谷くんは見送った。

途中、青山さんが流星に腕を絡めたのが見えた。

その仕草はとても自然で、まるで本物の恋人同士のよう、なんの違和感もない。

ここに来る前だってさんざんふたりが腕を組むところを見ていたはずなのに、どうしてだろう。なんだか今は、無性に息苦しい。

「——朱石先輩、大丈夫ですか？」

市ヶ谷くんの手がパタパタと視界で揺れて、私は自分がぼんやりと黙り込んでいたことに気がついた。

「あっ、ご、ごめん！……市ヶ谷くんは、行かなくて大丈夫？」

「まぁ俺は前に来たとき入ったので大丈夫です。それより、なにかおいしいものでも食べませんか？　腹減っちゃって」

お腹をさすりながら照れ笑いを浮かべる市ヶ谷くん。

私たちは近くの屋台で売っていたポテトを買って、ベンチでつまみながらふたりが帰ってくるのを待つことにした。

「そのポテト、チョコレート味ですか？　ひと口もらっていいですか？」

市ヶ谷くんが私の手の中にあるココア色のポテトにくんくんと鼻を近づける。

「はい、どうぞ」

私がポテトを差し出すと、パクリとひと口。「お！　うまい！」そう言って頬を綻ばせた。

「俺のはキャラメル味です。はい、どうぞ」

市ヶ谷くんがポテトをひとつ摘まんで、私の口もとに持ってきた。ポテトの先に食らいつくと、市ヶ谷くんはちょっと気恥ずかしそうに笑みを浮かべる。

「なんか、恋人同士っぽくていいですよね、こういうの」

「そんな、大袈裟だよ」

ははっ、と笑った私に、市ヶ谷くんがちょっと瞳を大きくして「あの、先輩」と改まって覗き込んできた。

「このまま、付き合っちゃいましょうか?」

「あはは、市ヶ谷くん雰囲気に呑まれすぎ」

「そ、そうですかねぇ……」

市ヶ谷くんは眉をひそめて、うう、と唸ったかと思うと、あ、でも! となにかを思い出したかのようにまくし立てた。

「ほら、氷川さんと青山さんだって、すごくいい雰囲気だっだし。このままだと、あのふたり、よりを戻しちゃうんじゃないですかね?」

キャラメルポテトを口の中に放り込みながら、市ヶ谷くんはおどけるように言う。

……よりって?

私がポカンとしていると、市ヶ谷くんが、あれ? という顔をした。

「知りませんか? ……ふたり、昔付き合ってたらしいんですよ」

「そんなこと誰から聞いたの?」

「さっき、青山さん本人が自分で言ってましたけど」

「へっ⁉」

思わず声を大きく裏返らせた私に、市ヶ谷くんもちょっと驚いたように身を引いた。

「そ、そんなに意外ですか?」

「だって……すごく、ビジネスライクな関係に見えたから」

「会社ではそうですけど、今日なんて分かりやすくベタベタしてたじゃないですか。ふたりでずっと腕を組んでいたし、氷川さんもさり気なく青山さんをエスコートしてたし。さっきだって、氷川さんのこと下の名前で呼んでたじゃないですか」

やっぱりあれは聞き間違いじゃなかったらしい。けれど――

「そ、そうだった……?」

わざと知らない振りでとぼけた。認めてしまったら、ふたりがこのまま帰ってきてくれないような気がしたから。

「……やっぱり鈍感なんだなあ」

市ヶ谷くんがガクッと肩を下げて落ち込む。別に、なにも見ていないわけではない。ふたりが腕を組んでいるということの深い意味まで、考えようとしていなかっただけで。

ただ単に、こういう場所だから、ノリで腕を組んでいたんじゃなかったの?

ふとふたりのうしろ姿が脳裏をよぎって、胸が締めつけられた。

さり気ないエスコート？

——たしかに、氷川さんは、いつも青山さんの一歩前を歩いていて。人ごみの中では守るようにしていたし。引っついてくるななんて言いながらも、決して跳ねのけるようなことはしなかった。

ひょっとして、氷川さんにとって、青山さんはすごく特別な——そういう存在なのだろうか？

再び黙って考え込んでしまった私に、市ヶ谷くんが困ったように説明をつけ加えた。

「付き合ってたのは、もう三年近く前の話らしいです。すぐに別れたらしくって、理由までは言ってなかったけれど、あの調子じゃあ青山さん、引きずってるみたいですね」

氷川さんの腕に寄り添いながら、満足そうにしていた青山さん。

感情を表に出さないあの子が、氷川さんの隣にいるときはあんなにも安らかな顔をするのだ。

どうして気づかなかったのだろう、私は。

「氷川さんの方も、まんざらではない感じでしたけど……」

市ヶ谷くんがぽろりと漏らした感想に、私は胸がズキンと痛んだ。

もしかして、氷川さんも、青山さんへの気持ちがまだ残っている？

だったらなぜ、あのとき私にキスなんかしたんだろう。青山さんがいるというのに。

「あ！　ふたりが戻ってきましたよ」

人ごみの隙間から、〝彼〟と青山さんが歩いてくるのが見えた。向こうもこちらの姿を見つけたようで、私たちへ向かって一直線に歩いてくる。

ふたりの姿が近づいてきたところで、あれが〝氷川さん〟だということがはっきりと分かった。ちゃんと眼鏡をかけているし、難しい表情で唇を引き結んでいる。

そして——相変わらずふたりの腕はしっかりと絡まっていた。

氷川さんは、青山さんが腕を絡めやすいように少しだけ自分の腕を浮かせてやっているようだった。

気遣うように、ときたま氷川さんは青山さんの方へ視線を下げる。

いつも通りの冷たくて鋭い視線の中に、心なしか、優しさのようなものが見えた気がした。

やだ。

ふたりが腕を組んでいるのを見て、今日初めて、そう思った。

どうしてだろう。理由なんてよく分からない。

けれど──なんだかすごく悔しくて、悲しかった。

ふたりの腕を引き裂いてやりたい衝動に駆られて、私はギュッと自分の腕を握りしめる。どうしちゃったんだろう私は。

「お待たせしてすみませんでした」

私たちのもとに帰ってきた青山さんが、恭しく頭を下げる。

「大丈夫ですよ。こっちもポテト食べながらのんびり待ってたんで。あ、これ、食べてみます？　キャラメル味なんですよ」

「……キャラメルのポテトですか？」

青山さんは訝し気な顔で覗き込む。

その間に私がちらりと氷川さんを見やると、視線に気がついたのか、彼も私の方へ目を向けた。

「……なにか？」

ちょっと攻撃的で刺さるような声。いつも通りの氷川さんだ。

「いえ……」

そのいつも通りが今は苦しく感じられた。だって、青山さんに対しては、そんなふうに鋭い口調で言葉を投げかけたりはしないから。

私だけ、なのだ。氷川さんがはっきりと嫌悪感を表に出す相手は。

私はもごもごとしながら、どうしようもない質問で間を繋ぐ。

「……二度目は、どうでした？」

「一緒ですよ。一度目と。あたり前でしょう」

「……そう」

ズキっと、胸の奥で気持ちの悪いものが揺れ動いた。

一緒？　一度目と？

私と一緒でも、青山さんと一緒でも、変わらないってこと？

私への想いが錯覚じゃないと言ったのは嘘？　結局は誰でもよかったの？　青山さんでも、一緒なの？

それじゃあ。

青山さんにも、キスしたの？

そう口から出かかって、慌てて言葉を飲み込んだ。

馬鹿だな、私。これじゃあまるで、青山さんに嫉妬しているみたいだ。

私たち四人はＴＬＰを出る前に、夜のパレードを少しだけ眺めることにした。

パレード見物の場所取りが熾烈すぎて、四人並んで見られるような場所もなく、ふた組に分かれて適当な場所からそれぞれ見学し、そのまま解散という流れになった。

もちろん、私と市ヶ谷くん、氷川さんと青山さんというペア構成だ。

プロジェクションマッピングを全面的に押し出したこのパレードは、闇色の街並みに幾千、幾億の光を描き出して、ラブ・キャッスルの中で見た〝あの光景〟を彷彿とさせた。

けれど、あのときほどの感動は自分の中に湧き上がらない。

隣にいるのが流星か、市ヶ谷くんか――それだけで、目に映る景色は違うものに見えた。

今頃、あのふたりもこの光景を別の場所から見ているのだろう。

それを見て、流星は、どう思うのだろうか。あのときと同じ胸の高鳴りを、青山さんに対して抱くのだろうか。

私にしたことと同じことを、もう一度彼女へするのだろうか。甘い言葉と、熱い抱擁、そしてたしかめ合うような優しいキス……。

いろんなことがごちゃごちゃと頭に引っかかりながらも、なるべく考えないように努めた。

私の様子がおかしいことに、きっと市ヶ谷くんは気づいているのだろう。ときたま、心配そうな顔で私のことをうかがってくる。

彼の視線がこちらに向いたときを見計らって、私は市ヶ谷くんを見た。ニコッと、いつも通り笑ってみせる。

——これ以上、市ヶ谷くんに心配かけちゃいけないよね。

市ヶ谷くんはちょっと驚いた顔をして、けれど次の瞬間には満面の笑みで答えてくれた。屈託のない、裏表なんて欠片もない、太陽のような笑顔。

それを見ていたら、胸の疼きもほんの少しだけ和らいだような気がした。

歩み寄れないその距離で

「ＣＭのイメージを具現化してきました」

週明けの月曜日。ＴＬＰへ行った私と氷川さん、市ヶ谷くんと青山さんの四人は、小さな会議室でミーティングを行った。

私は紙にＣＭのラフ案を描いて、コピーしたものを彼らに配り、反応を見た。

ＣＭのテーマは〝恋に狂う人魚姫〟。

――暗い海底から、愛する王子を眺めるあどけない瞳の人魚姫。

ふたりの間に立ち塞がる、種族の壁。

やがて彼女は、愛おしさに耐えきれず、王子に会いに行こうと決意する。

一糸まとわぬ純朴な彼女は、輝かしい宝石を身に着け、麗しいドレスを纏い、大胆な深紅(しんく)のルージュを引く。

まだまだ子どもだったはずの彼女は、王子に最後の誘惑をするため、大人の女性へと変貌する――

クライアントのジュエルコスメは、その会社名の通り〝輝く宝石のような化粧品〟

というコンセプトを打ち出している。

今回のＣＭにも、光を全面に散りばめて〝闇の中に輝く幾億もの宝石〟という幻想的な情景を表現する予定だ。

化粧なんてまだ知らない恋する女の子が、ジュエルコスメの化粧品を使って、美しい大人の女性へと変貌する――それが今回の、最大の見せ場である。

光と闇、そして、宝石のように光り輝く恋というビジョンは、ＴＬＰでインスパイアされた結果でもある。

「いいんじゃないでしょうか」

私のラフ案をじっと眺めた後、氷川さんはそうつぶやいた。

「え？」

まさかの一発ＯＫに、私は素っ頓狂な声をあげる。

「ほ、本当に？」

「どういう意味です？」

「いえ……氷川さんらしくないなぁと思って」

私が恐る恐る本音を口にすると、氷川さんは眉間に皺を寄せて、はぁぁ、と嫌味なため息をついた。

「私が今まで嫌がらせのためだけに、あなたに食ってかかってたとでも思ってたんですか？　別に、指摘するところがなければ、なにも言いませんよ。このテーマならば、クライアントが求めている世界観を表現することができる、そう思ったまでです」

「そ、そうですか……」

「褒めているのになぜ嫌そうなんですか、あなたは」

「……いえ、なんだか拍子抜けしてしまって」

もっとたくさん、ダメ出しを食らうかと思って、彼を説得する戦術を考えてきたのだけれど。勝負の赤下着まで身に着けてきたのに。

こんなにあっさりと受け入れられてしまうとは、ちょっとつまらない。

いや、まだだ。これで終わりではない。とっておきの構想が、まだ手札として残っている。これを受け入れてもらわなければ、今日のプレゼンの成果は五割減だ。

「ここで実はもうひとつ提案がありまして」

私は用意してきたもう一枚の資料を全員に配った。

そこには、大手ジュエリーメーカー『星宝（せいほう）Ｌｉｌｉａ（リリア）』の情報が記されている。

今回のクライアントとはまったく関係のない、業種も業態も違う会社だ。

「この大手ジュエリーメーカーとコラボレーション企画を持ちかけようと思ってます」

「却下です」

すかさず氷川さんのダメ出しが入った。

「ただ綺麗なだけのＣＭなら、世の中にあふれてます。特別ななにか、プラスアルファがないと――」

「どうしてあなたは、面倒な方へと突き進むのですか」

会議卓に身を乗り出す私を見て、氷川さんは沈痛な面持ちで頭を抱えた。

「ジュエルコスメ二十周年アニバーサリーイヤーの記念ＣＭですよ？　なぜ他社を絡ませる必要があるんです」

「まったく連携のないこのふたつの会社が出会うことで、相乗効果が期待できるんじゃないかと」

せっかく宝石というテーマを前面に押し出したＣＭになるのだ。そのクオリティにもこだわりたい。

星宝Ｌｉｌｉａは、二十代、三十代に人気のあるジュエリーブランドで、その年齢層はジュエルコスメのターゲットと一致する。

このふたつの企業が協力し合えば、双方にとって最高の宣伝効果が見込めるのではないかと考えたのだ。

「分かっているのですか。自分の言っていることを」

氷川さんは、資料をパンと叩きつけて、まるで論外だとでも言うように私を睨みつけた。

「ふたつの意を汲んでひとつのものを創り上げることの難しさを。異なった主張をする双方を納得させることができるのですか」

「そこは、私たちの腕の見せ所でしょう」

「そんな理想論だけでどうにかなるものではないのですよ」

少しだけ、氷川さんの口調が荒立った。冷静な彼にしては珍しいことだ。そうまでして、私の企画に反対だということなのか。

「あなただって、この手の企画の失敗例を、幾度となく見てきたでしょう。だいたい、星宝Ｌｉｌｉａが占める我が社の売り上げがどの程度か、知っていますか？　間違いなくトップクライアントだ。もしジュエルコスメと意見が対峙しても私たちは星宝Ｌｉｌｉａを優先しなければならない」

今回のクライアントであるジュエルコスメよりも優先順位は星宝Ｌｉｌｉａにある。

分かっているのだ。そんなことは。

けれど、この企画を一段階上へとランクアップさせるために、避けては通れない道なのだ。決意を胸に、ぎゅっと拳を握りしめた。

「簡単に言ってくれますね」

「説得します。必ず双方の利益となるよう、調整します」

これ以上の討論は無駄だと悟ったのか、氷川さんは資料をまとめて席を立とうとする。

「待って！　まだ説明は終わってない！」

「終わっていますよ。私の立場として、あなたの愚行を許すわけにはいかない」

私たちの論争を見て身の置きどころに困っていた青山さんも、氷川さんにせっつかれて退席を促される。

私は慌てて席を立ち、会議室を出ようとするふたりの前に立ち塞がった。

「私、前に言ったはずですよね。新しいことをしたいって。今までほかの人たちが成し遂げられなかったことも、恐れず立ち向かっていきたいって」

そう。たしかに宣言したはずだ。

彼の部屋で、ベッドに腰掛けて、ふたりで五年分の軌跡を振り返りながら。

そして彼はたしかに言ったのだ。『協力する』と。

氷川さんは、怒っているような、困惑しているような、なんとも言えない表情で私を見下ろした。

そして彼が、なにか言おうとして口を開いたとき。

「勝手なこと言わないで！」

氷川さんの言葉を遮って怒声を発したのは、彼のうしろにいた青山さんだった。

「あ、青山さん？」

そのかわいらしい顔が怒りでゆがんでいるところを、初めて見た。

「氷川さんのことなにも知らないくせに！　好き勝手言わないでください！」

頬を紅潮させ涙すら浮かべながら、青山さんは私を責め立てる。

突然のことに、その場にいた私も、少しうしろにいた市ヶ谷くんも、果ては氷川さんでさえ、ぽかんと口を開き言葉を失う。

「氷川さんは……本当は……！」

「やめないか」

静かな叱責が響いた。

氷川さんが、止めに入ったのだ。

青山さんがびくりと肩を震わせる。怒られる、そう思ったのかもしれない。

だが、氷川さんの表情はひどく暗く、虚しさに満ちていて、怒りとか不満とか、そういった感情ではなくて――

「……やめてくれ」

続けてそうつぶやいた彼は、まるで絶望の淵にいるようだった。

青山さんは、悔しそうに目を伏せた。私の横をすり抜け会議室を飛び出していく。

やり場のない空気が、残された私たち三人を包む。

「……取り乱してすみませんでした。聞かなかったことにしてください」

氷川さんはきまりが悪そうな顔で私たちへ謝罪し、青山さんのあとに続いて逃げるようにして会議室を出ていく。

訳が分からない私と市ヶ谷くんだけが会議室に残された。

「今のは――」

どういうことだったんだろう。

だが、私の問いに答えられる者は、もうこの場にはいない。

困惑しているのは市ヶ谷くんも一緒だった。

「――どうしますか、朱石先輩。氷川さんはああ言ってましたけど、コラボ企画の件……」

進めていいのか、はたまた打ち止めにすべきか。氷川さんの意見を無視して、このまま強引に突き進めることもできるけれど。

できることなら、氷川さんには納得してほしい。

「……もう少し、説得してみる」

「とても説得できるような感じじゃなかったですけど」

「なんとかするから。少し時間をちょうだい」

「……分かりました」

市ヶ谷くんは、氷川さんの意見なんて気にせずに、私の思う通りのことをやってほしいと思っているのだろう。彼の少し尖らせた唇から、不満が見え隠れしていたけれど、気づかない振りをした。

みんなの気持ちをひとつにしたいなんて、夢物語なのだろうか。

説得すれば分かってもらえるだなんて、思い上がりなのだろうか。

私は、氷川さんと同じ方向を見ていたいだけなのに。

やっぱり今日のプレゼンの成果は五割減だった。

その日の夜。残業をしていた私と氷川さんのもとへ小野田部長がやって来た。

「君たち、ちょっといいかな」

小野田部長は親指をくいっと外へ向け、少し話ができないか、そんなジェスチャーをする。

「はい」

私たちは連れ立って、オフィスの端に併設されている少人数用の会議室へ向かった。

「突然なんだが、来期の昇進に君たちの名前があがっているんだ」

会議室の扉を閉めるなり、小野田部長が切り出した。

私はドアの前に突っ立ったまま、言葉を失くす。氷川さんも、驚きからかいつもより少しだけ瞳を大きくさせている。

「ふたりとも、ではない。どちらかだ」

小野田部長は窓の外に浮かぶネオンと高層ビルから漏れる明かりを眺め見ながら、フラットな語り口調で話を続けた。

「本来は、事前に本人に告げたりはしないんだがね。氷川くんの場合、キャリア組とか、出世コースとか、社員たちの間でささやかれているらしいから。そんなものはない。ただの噂だということを、君たちに伝えておきたくてね。キャリアや年次に関わらず、これからの君たちの働きぶりを見て、公平に決める。どちらに決まっても恨みっこなし、だ」

なにが言いたいのか察しかねている私たちを見て、小野田部長は肩を震わせて笑う。

「なに、君たちの不仲は、有名な話だからね。軽い配慮だよ。私たち上層部は、協力関係を築いてもらいたいと願っている。どちらが上になったとしても、支え合い助け合えるような、ね」

小野田部長はゆっくりと歩み寄ってきて、私たちの肩へ同時に手を置く。頼んだよ、とでも言うように。

はい、と返事をしかけた私を遮って。

「それは難しい相談です。小野田部長」

氷川さんが静かに口を開いた。

「私たちは、お互いの足りない部分を、補い合っているからこそ、相容れないのです。仲が悪いくらいの方が、ちょうどいい」

私は驚いて氷川さんを見上げる。そこにはなんの感情も宿らない、機械的な横顔があった。

今のは彼の本心だろうか。私たちは仲が悪いものだ――そうあきらめているのか。

これから先、理解し合ったり、歩み寄ることもない――そんな関係で納得しているのだろうか。

小野田部長でさえ、絶縁宣言とも取れる氷川さんの物言いには驚かされたようだった。「む……」喉を鳴らして難色を示す。

沈黙の後、ふう、とため息をこぼす小野田部長。

「……よきライバルとして切磋琢磨していると、プラスに受け止めておこうか」

ひょっとしたら部長ですらあきらめたのかもしれない。私たちが協力し合える、理想的な未来を。

部長は再び私たちの肩をぽんぽんと叩き労った後、静かに会議室から出ていった。

氷川さんが素っ気なく言った。私の方を見ることすらしなかった。

「私たちも行きますよ」

「氷川さん」

「なんです?」

呼び止めても私を視界に入れてはくれない。ぞんざいな返事だけ。

悲しさとか、虚しさとか、悔しさとか。そういうものを通り越して、なにかが吹っ切れた。

ああ、もういいや。そんなふうに思った。

ふたりで、新しいものを築いていきたい、そう思っていた。

けれど、どうやらそれは無理らしい。彼は、私を受け入れる気がこれっぽっちもないんだ。あきらめの悪い私だけれど、どうがんばったって彼の心だけは動かせない気がした。

「……なんでもありません」

答えた私は彼の横をすり抜け、会議室を出た。

少しだけ目頭が熱くなって、ごくりと涙を飲み込んだ。

一緒に歩いてくれないなら、私だけで行くしかない。大丈夫。今までだってひとりでがんばってきたんだし。私ひとりで、なんとかしてみせる。

心を奮い立たせるように、そう決意した。

「星宝Ｌｉｌｉａの広報担当に取り次げって？」

スーツの似合わない不揃いな茶髪をかき上げて、三十代前半のその男――星宝Ｌｉｌｉａ営業担当の若部（わかべ）さんが私の言葉を繰り返した。

「お願いします。話を通していただけないでしょうか」

営業部のデスクでふんぞり返る若部さんへ、私は深々と頭を下げた。

「そう言われてもねぇ。それって、俺になにかメリットがあるのかな？」

「そこをなんとか、お願いします」

「まぁ、かわいい女の子にお願いされるのは、悪い気はしないけれどねぇ」

ただひたすらに頭を垂れる私を、若部さんは顎をなでながらしげしげと眺め、そんな軽口を叩いた。

　今日、私は実力行使に出た。

　まず、ジュエルコスメ広報マネージャー相模さんに、コラボレーション企画について検討してもらえるように話を通した。次に星宝Ｌｉｌｉａ側に話を持ちかけるため、営業部の若部さんに助力を求めることにした。

　長年やり取りし、信頼を得ている若部さんの口添えがあれば、スムーズに提案を受け入れてもらえるのではないかと考えたのだ。

「朱石さん、だっけ。君がプロジェクトリーダーなの？　マネージメントは小野田部長？　ほかにメンバーは誰がいるの？」

　プロジェクトメンバーの名前を上から出していくと、氷川さんの名前で、若部さんがぴくりと反応した。

「あぁー、氷川くんね。昔、一緒のプロジェクトに携わったことがあるよ。たしか彼が新人の頃だったかな。いい子だよね。根が真っ直ぐで物怖じしなくて。熱血漢っていうのかな」

視線を遠くにやりながら、懐かしそうに当時を思い返す若部さん。

だが私は首を傾げる。熱血漢？　それは本当に氷川さんのことだろうか？

たしかに、物怖じしないタイプではあるが――冷徹ならともかく熱血とは違うだろう。

「ええと……氷川流星ですか？　ひょっとしたら別人では？」

「いいや。たしかそんな名前だったよ。ああ、そういえば噂で聞いたなぁ。人が変わったようになっちゃったって。今は昔と違って、真面目くんやってるんだっけ？」

眉をひそめる私に、若部さんは昔の氷川さんについて語ってくれた。

新人という枠に収まらず、入社早々、中堅顔負けの仕事ぶりを見せたという若かりし頃の氷川さん。

新しい風潮を追い求める彼のアグレッシブな姿勢に、未来のエースでありホープなのだと、誰もが一目置いていたそうだ。

「とはいえ、あんなことになっちゃったから、変わるのも無理ないのかな――」

「あんなこと？」

「村正（むらまさ）さんって知らない？」

思わせぶりな若部さんの台詞に私が尋ねると、逆に問いかけられた。

村正さん——我が社で、名前を知らない人はいないのではないかというくらい、伝説的な人物だ。

だが、しばしば彼の名はマイナスの場面に使われる。

いくつもの名企画を成功へ導いてきた村正氏。彼の名声は社中に留まらず、業界内では名の通る人物だった。

しかし、四年ほど前——担当していたプロジェクトを失敗させ、彼は失脚したのだ。それまでの輝かしい功績すべてが無に帰した、目を見張るような派手な転落劇だったという。

自ら責任を取ったのか、取らされたのか、美倉広告企画を退社した。

「彼にかわいがられてたんだよなぁ、氷川くんは。〝ポスト村正〟とか呼ばれちゃってさ。氷川くん自身も、村正さんにべったりだったし。それなのに、目の前で憧れの存在が失墜させられちゃっただろう？　そりゃあ、この先どうやっていけばいいか分からなくもなるよな」

憐れみを含んだ眼差しで、うんうんとうなずく若部さん。

初めて聞かされた私にとっては、寝耳に水で、おとぎ話にすら聞こえる内容だった。

つまり氷川さんは、目の前で失脚した村正さんの影響で、豪快な仕事ぶりから一転、堅実すぎる現在のスタイルに路線変更したってこと？

『氷川さんのことなにも知らないくせに！』

あのとき青山さんが私に言った台詞は、こういうことだったのだろうか。

「まぁ、今も昔も変わらず、氷川くんが女性にモテモテだっていう噂は、飛んでくるけどねぇ」

若部さんがニヤリと笑みを浮かべながら言った。

「じゃあ、こういうのはどうだろう？　氷川くんが俺主催の合コンに来てくれるなら、星宝Ｌｉｌｉａに話を通してあげるよ。名前を出すだけで、女性陣が釣れるからねぇ」

くっくっく、と悪い笑みを浮かべながら、若部さんが私へ提案してきた。

こんな提案、氷川さんが了承するはずがない。そもそも氷川さんは、この企画に反対なのだ。

だけど、せっかくのチャンスだしなぁ。

私は考えた末、「氷川さんに伝えておきますね」と、もやっとした言葉だけを返した。

合コンのお誘いを伝えるだけなら問題ないだろう。その後、受けるか断るかは氷川さん次第。たぶん断るだろうけど。一応、嘘はついいちゃいない。

「交渉成立だね！　いいよ！　今日の午後の打ち合わせで話を通しておいてあげる！」

若部さんは拳を振って瞳を輝かせた。

意気揚々と『合コン♪　合コン♪』なんて鼻歌を歌っちゃったりしている。

ちょっとだけ申し訳ない気持ちになりつつも、私はほっと胸をなで下ろした。これで私のコラボレーション企画は、成功に一歩近づいたことになる。

――私ひとりでだって、成功させてみせる。

もはや内容どうこうというよりも、氷川さんに大反対された企画をひとりで成功させることに、意地になっていた。

時計を確認すると、十九時を回っていた。若部さんと星宝Ｌｉｌｉａとの打ち合わせはどうなっただろうか。そろそろ終わっている時間だろう。

そんなことを気にしながらも、待つことしかできない私はおとなしく帰ることにした。いつもより少しだけ早い帰宅時間。この後どうしようなんて考えながら、オフィスを後にする。

ふと一階のロビーを出たところで、見知った影が視界の端に入って、私はおもむろに足を止めた。

ビルの物陰に隠れるようにして、彼女は立っていた。

帰り支度を済ませ、小柄な彼女の体格にしてはちょっと大振りすぎるバッグを胸もとに抱きしめて、時間を気にするように腕時計を眺めている。

その仕草がなんだかいじらしく見えて、ついつい私は声をかけてしまった。

「青山さん、こんなところでどうしたの？」

「っ、っっ⁉」

私の姿を見るなり、あきらかに嫌そうな顔をする青山さん。

私、そんなに嫌われているのかな……？

軽くショックを受けながらも、気にしないようにして佇む彼女を覗き込んだ。

「端っこで小さくなってたから、少し心配になって。どうかした？」

「いえ。なんでもありません」

私の質問に、なんだか気まずそうに目を伏せる。

「ちょっと、人を待っていて」

「ああ、待ち合わせ？」

「いえ、待ち伏せです」

きっぱりと言い切った彼女に、さすがの私も度肝を抜かれた。ま、待ち伏せって……？

「あの……誰を……」

「氷川さんです」

氷川さんに用事があるならオフィスで言えばいいのに、どうして待ち伏せなんてする必要があるのだろうか？

「あのさ、どうして待ち伏せしてるか、聞いてもいい？」

「デートに誘うためです」

「ああ、デートね。……って、えぇ!?」

氷川さんと青山さんは、やはり市ヶ谷くんが言っていた通り、デートとかしちゃうような関係なのだろうか。

私の疑問を察したかのように青山さんが口を開く。

「氷川さんは、約束が嫌いなんです。残業があって守れないかもしれないから、と、アフターファイブの約束はしてくれないんです。だから、偶然を装って誘うしかないんです」

つまり、偶然を装うための待ち伏せなのか。なるほど、状況が読めてきた。

「そ、そっか」

「はい」

うなずき合って、しばし沈黙が流れる。

つまり氷川さんは、青山さんがこうして待っていることを知らないし、青山さんも、氷川さんがいつ来るかも分からないのに待っている、と。

それって、すごく……健気（けなげ）なことなんじゃないだろうか。

「あ、あのさ」

「はい？」

「青山さんて、氷川さんのこと……好き？」

「ええ。好きですよ。でなければ、こんなことしません」

「……そうだよね」

理由はよく分からないけれど、胸がじんわりと痛くなった。

健気な青山さんに心を打たれたのだろうか。あるいは、青山さんを待たせている氷川さんの、罪な男ぶりに腹が立ったのだろうか。

それとも――

「朱石さんはどうなんですか？」

考え込んでいた私に、青山さんの鋭い視線が突き刺さった。

「朱石さんは、氷川さんのこと、好きじゃないんですか？」

「わ、私は……嫌われているからね」

突然聞かれて言い淀む。

小野田部長の前での絶縁宣言。私が好きかどうかなんて関係ない。そもそも氷川さんは私へ歩み寄るつもりがないのだから。

私たちの関係が、これ以上プラスになることなんてあり得ない。

私が自嘲するのを見て、青山さんは瞳を険しくした。

気のせいではない、あきらかに――怒っているようだった。

「嫌われているなら、どうして氷川さんは朱石さんをＴＬＰへ誘ったんですか？」

「それは……仕事で仕方なく、じゃない？」

「じゃあどうして、あのとき――氷川さんとふたりで姿を消したんですか⁉　私と市ヶ谷さんがジェットコースターを待っている、あのときです」

「あ、ああ……あれは」

語気を強められて、私は慌ててあのときのことを振り返る。

「あれは、私と氷川さんがジェットコースター嫌いだったから、仕方なく――」

「氷川さんは、ジェットコースター嫌いなんかではありません。むしろ、好きなはずです。だって、私と初めてＴＬＰへ行ったとき、自ら進んで絶叫系に乗っていましたから」

「え？」

一瞬理解が追いつかなくて、私は頬を引きつらせた。

たたみかけるように青山さんが言う。

「私、開園当時に行ったことがあると言いましたよね。もう三年も前になりますが。そのとき、一緒に行った相手は氷川さんでした」

私が質問する前に、青山さんは自分から言葉にした。

「私と氷川さんが、付き合っていた頃の話です」

「――っ」

市ヶ谷くんから聞かされていたことなのだけれど、本人の口から聞くその言葉は、もっと重たい意味を持っているように感じた。

揺らぐことのない事実。ああ、やっぱり、このふたりの関係は特別なものなんだ。

青山さんの真っ直ぐな瞳がこちらのリアクションをうかがってくる。私は動揺を悟られないように、身を固く引き締めた。

「どうして、ふたりきりでＴＬＰへ行こうとしていたんですか。私と市ヶ谷さんが邪魔をしなければ、ふたりでデートするつもりだったんですよね」

「デートだなんて大袈裟な。あくまで仕事だよ？」

「現に、私と市ヶ谷さんを巻いて、ふたりで姿を消したじゃありませんか。朱石さんと氷川さんは、付き合っているんですか？」

そうか――彼女は心配しているんだ。私と氷川さんが、付き合っているのではないかと。氷川さんを私に取られてしまうんじゃないかって。

「……誤解だよ。付き合ってなんかない」

「じゃあ、私と氷川さんの間になにかあったところで、なんの文句もありませんよね」

「……え？」

それって、どういう意味だろう？

動揺が顔に出てしまったのだろうか、青山さんが煽るように顎を反った。

「なにもなかったと思いますか？　あの日、私たち」

「っ……」

やっぱり、なにかあったってこと？　普通の上司と部下の関係ではあり得ないような、なにかが。

けれど、これ以上は聞けない。聞いてしまったところで、どうすればいいか分からない。

「――なにがあったとしても、私には関係ないよ」

言葉とは裏腹に、胸の奥で警鐘がガンガン鳴り響いていて、吐き気がした。

なにかあったからなんだっていうんだ。もともとふたりは付き合っていたのだし、キスをしようが、肉体関係を持とうが、今さらって話だ。

氷川さんが誰と付き合おうが、私には関係ない。強いて言うならば、あのときのキスを、なかったことにしてもらいたいってことくらいだ。

とにかく今は、プロジェクトのことだけを考えよう。氷川さんの力に頼らずに、どうやってひとりきりでこの企画を成功に導くかを。

「青山さん。ひとつだけ、教えてもらいたいことがあるんだけど」

私は昼間、若部さんから聞いた氷川さんの過去の真偽をたしかめるべく、口を開いた。

「村正さんって、知ってる?」

あまり表情を崩さないはずの青山さんが、ぎょっと瞳を開けてたじろいだ。

一瞬で蒼白になった彼女の表情に、ただならぬものを感じ取った。

やっぱり、氷川さんと村正さんの間にはなにかしらの因縁が存在している。この様子だと、青山さんも関わっているのかもしれない。

「村正さんと、氷川さんのことについて、教えてほしいんだけど……」

「私に聞かないでください！」

突然、青山さんが激高した。

「それから、その名前！　絶対に氷川さんの前で出さないでください！」

「ど、どうして？」

次の瞬間、青山さんがハッと私のうしろへ視線を投げた。

つられて振り返ったそこには、ビルの入口から出てきた氷川さんの姿。どうやら仕事が終わったようだ。

「とにかく、付き合ってもないし、好きでもないなら、氷川さんに近づかないでもらえますか！　目障りなんです！」

青山さんは、これ以上にない剣幕で私を押しのけた後、氷川さんに向かって一目散に駆け出した。

私は氷川さんに見つからないよう、慌てて植込みの陰に体を沈め、ふたりの様子を見守る。

青山さんが、偶然を装いつつ、氷川さんの斜めうしろから声をかける。氷川さんの、「あっ」というような少しだけ驚いた顔。ふたりは、ひと言ふた言交わした後、並んで人ごみの中へと紛れていった。

あーあ。行っちゃった。

ふたりのうしろ姿に、またしても虚しいような、哀しいような、複雑な感情がよぎる。

デート、か……。

そういえば氷川さんとふたりで外食なんてしたことがないから、彼が女性をどういうお店に案内する人なのかも知らない。気遣いのできる人だから、ちゃんと女性の喜ぶ場所に連れていってあげるんだろうな。

それとも――自宅に招いたりするのかな?

なんだか息が苦しくなって、私は唇を噛みしめた。

氷川さんの部屋は、女の子を連れ込める程度にはそこそこ片づけられていたし、朝ごはんも手慣れた感じで出てきたし。ひょっとしたら、女の子を泊め慣れているのかもしれない。

って、なに余計なことを詮索しているんだろう、私は。

頭をぐちゃぐちゃと掻きながら、私は余計な思考を振り払った。

それよりも、『村正さん』と名前を出したときの、青山さんの態度。ちょっとやそっとではない、異常なくらいに動揺していた。村正さんに関わる大きな事件が、氷川さんや青山さんを巻き込む形で起こったのだろう。

氷川さん本人に直接聞いてしまえば早いのだけれど、彼の前で名前を出すなと、念を押されたばかりだしなぁ。

結局考えても埒があかなくて、余計に悶々とするだけだった。

ああ、早く明日が来ればいいのに。そうすれば、きっと仕事が私の心のすべてを持ち去ってくれるから——

すべてを失くした私の手を握っていてくれるのは

　呼び出しに応じてやって来た会議室――。

　午前の鋭い日差しが作り上げた影を背に纏って、小野田部長が窓際に立っていた。

「朱石くん、説明してくれ」

　発せられた第一声は、今までにない剣幕で、私を怯えさせるには十分だった。

「お呼びでしょうか、小野田部長」

　私の到着からワンテンポ遅れて、氷川さんが会議室に入ってきた。

「少々まずいことになった」

　小野田部長はそれだけ答えて、再び私へ厳しい視線を戻す。

「今朝、ジュエルコスメの社長から直々にクレームの連絡があった。『おたくの会社は、我が社を星宝Ｌｉｌｉａに売り飛ばそうとしているのか』と。いったいどういうことなんだ、朱石くん。なぜこんなことになったのか、説明してくれ」

　説明も、なにも。私にもさっぱり分からなくて、答えようがない。

『売り飛ばす』とは――なにをどうしたらそんな話になってしまうのか。

返答に困り言葉を詰まらせていると、もう一度、ガチャリと会議室のドアが開かれる音がした。

「お待たせしました小野田さーん。事実確認してきましたよー」

ちょっと軽い言葉尻で、若部さんが会議室に入ってきた。

「どうやらコラボの件が正規じゃないルートでジュエルコスメの社長の耳に入っちゃったみたいなんですよー」

「コラボって、まさか……」

氷川さんがハッと目を鋭くする。隣の若部さんが他人事みたいに失笑した。

「いやー、俺も、一応口止めしといたんすけどね。まさか星宝Ｌｉｌｉａの広報担当の愛人がジュエルコスメの社長秘書だったとはなー。世間て狭いですねー」

状況を飲み込んだところで一気に全身の血の気が引いた。

つまり、こういうことだ。私はジュエルコスメ広報マネージャー相模さんにコラボレーション企画の件を話した。本来は、相模さんから社長まで情報が上がり、ことの是非を問うはずだった。

しかし、相模さんが情報を上げる前に、社長は違う経路で情報を得てしまったのだ。社長秘書という非正規のルートから。

「誤解です！　話せば分かってもらえます！」

「私もそう社長に説明したのだがね。あまりの激高ぶりに取りつく島もなかったのだよ」

　小野田部長は沈痛な面持ちで腕を組む。

「とりあえず、状況は理解した。朱石くんと氷川くんは、いったん席へ戻りなさい。あとは私と営業でなんとかする」

　なんとかするとは——きっと謝罪に行くということだろう。

　ことの発端は私にある。私の考えが甘かったから、手順を誤ってしまったから、こんな大事にまで発展してしまったのだ。謝罪に行くなら、私も一緒に謝らせてほしい。

「私も行かせてください！」

「いや、君が行くと事態がややこしくなる。ここは私たちに任せて待機していなさい」

「ですが、こうなった責任は、私にありますから——」

「朱石くん」

　小野田部長がぴしゃりと私の弁明を制した。

　穏やかな彼のイメージを覆す、今までに見せたことのない厳しい表情。

　数多の修羅場をくぐり抜けて鍛え抜かれたその顔で、私に苦言を呈する。

「もはや、担当者レベルがどうこうできる問題ではなくなってしまったんだ。そもそも、この案件自体が消滅しようとしている。損失は計り知れない。熱意あふれる君にこんなことを言うのは酷かもしれないが――迂闊(うかつ)なやり方を反省し、それなりの覚悟をしていてほしい」

「それなりの――覚悟とは――」

「プロジェクトを離れ、謹慎する、ということだ」

ことの重大さに気がついて、蒼白になる私。

「大丈夫大丈夫ー。俺たちがなんとかしてくるからさっ♪」

若部さんはそんな軽口を叩いたけれど、小野田部長の表情を見る限り、大丈夫だとはまったく思えなかった。

小野田部長は、これ以上私に視線を合わせることはなく、若部さんを連れ立って会議室を出ていってしまった。

廊下の外で、ふたりが難しい顔をして話し込んでいるのが一瞬だけ見えた。

先ほどまでヘラヘラとしていた若部さんの顔つきまでもが、今や苦渋に満ちている。

ひょっとして、さっきの能天気な態度は、若輩者である私たちを不安にさせまいという、彼なりの配慮だったのだろうか。事はもっともっと――ずっと深刻なのかもしれない。

なんてことを、してしまったんだろう。

今まで、これほどひどい失敗をしたことなんてなかった。

だいたいのことは順調に進み、なにかトラブルがあったとしても、自分の力でどうにかリカバリすることができていた。

けれど、今度ばかりは……。

視界が絶望に掻き消されて、真っ暗になった。一瞬平衡感覚を失って、足もとがよろける。体を斜めにしながら、ショックを受けすぎて気絶することなんて本当にあるんだなと、ぼんやりと実感した。

もういっそ、このまま地面に埋もれて消え失せてしまいたい。

だが、倒れそうになる私の体を支える腕があった。

「朱石さん⁉　大丈夫ですか⁉」

正気に戻ると、目の前には氷川さんの顔があって、今までに見たこともないような青ざめた表情で私を覗き込んでいた。

どうして彼がそんな顔をしているのか。私のこと、嫌いだったはずなのに。

「ごめんなさい、みっともないところを見せて……大丈夫だから」

ふらふらとする私を支えながら、彼は静かに首を横に振った。

「……大丈夫には、見えません」

私は、支えてくれていた彼の腕をゆっくりと解いた。

「全部、氷川さんの言う通りだったね。私には、無理だったんだ」

警告してくれていたのに、こうならないよう止めてくれたのに、その忠告を聞きもせず、むきになって無茶なことをして……。

「どうして氷川さんが私のことを嫌っているか、分かった気がする。私、いつも、本当に馬鹿なことをして……」

自分が情けなく思えて、涙が込み上げてきた。けれど、彼の前では泣きたくなくて、ぐっと唇を噛みしめて平静を装う。

席に戻らなきゃ。待機してなきゃ。小野田部長に言われた通りに。私なんかにできることなんて、もうなにもないんだから。

「朱石さん！」

突然うしろから腕を掴まれて、ただでさえ足もとがおぼつかないのに、転びそうになってしまった。その体を、再び氷川さんが抱きとめる。

「私は……あなたを嫌いだなんて——馬鹿だなんて本気で思ったことは、一度もありません！」

　氷川さんの顔で、氷川さんの声で、私をうしろから抱きしめる。なんだかとても違和感があった。こんなの、私が知ってる彼じゃない。

「いつも私の意見に反対ばかりするじゃない。私の仕事の仕方、許せなかったんでしょう？」

「それはあなたのことが――」

「もういい。放っておいて」

　私は氷川さんを乱暴に振りきって、会議室を飛び出そうとした。けれど、彼の長い腕が、私の体を絡めとる。

　うしろへ強く肩を引かれて、倒れ込んだ先に氷川さんの胸があった。

「朱石さん、聞いてください！　私は……俺は……」

　暴れる私の体を胸もとでしっかりと受け止めて。

　上から見下ろす氷川さんの瞳は、なんだか今にも泣きだしそうで。

　どうして彼がそんな瞳をするのだろう。さっぱり分からない。

「離してっ！」

　彼の体を突き飛ばして、私は会議室を飛び出した。とりあえず、誰もいない場所へ行きたかった。

廊下の奥にある非常階段の扉。誰も寄りつくことのないその場所に隠れて、私はひとり、嗚咽を漏らした。

自分を情けないと感じるほどに涙があふれて止まらなくて。

こんなときに限って〝流星〟のやわらかな笑顔が恋しくて仕方がなくて。

彼だったら、こんな無茶苦茶な私をそっと抱きしめてくれるに違いないのに、自分から突き放してしまった。

どうして今さら。大好きだっただなんて、気づいてしまうのだろう。

ひんやりとした壁に背をつけながら、対照的に体は熱くて仕方がなかった。止まらない後悔が私の体温を押し上げていく。

だんだんと膝に力を入れる気力もなくなって、床の上にごろんとみっともなく体を転がした。

流れる涙が、こめかみを伝って、耳をくすぐる。

うざったくてゴロゴロと体をのたうち回らせながら、それでも私の心は一向に楽になる気配がなかった。

＊　＊　＊

あれから、空っぽな仕事ぶりをしていた。

もうなにもやらない方が自分のためであり他人のためだろう。

無難が一番。平凡が一番。

氷川さんがこれまでさんざん、繰り返し忠告し続けてくれていた〝リスク〟。

その恐ろしさが、今さらながら、嫌っていうほど身に染みる。

今までの私って、ものすごく危ない橋を渡り続けていたんだなぁ。

かつて、氷川さんも同じ思いをしたのだろうか。尊敬する上司の失脚を、どんな思いで見届けたのだろう。

ここ最近の、無難――いや、それ以下とも言える仕事ぶりを見て、さすがの市ヶ谷くんも心配そうに瞳を曇らせた。

「大丈夫ですか、朱石先輩……なんか最近――」

デスクのモニターに向かっておとなしくキーボードを叩き続ける私を、市ヶ谷くんが覗き込んできた。

「うん。平気。気にしないで」

目をモニターに向けたまま、やる気なく答えた私に、市ヶ谷くんは暗く肩を落とし、すごすごと仕事に戻っていく。

「朱石さん」

今度は違う声が不意に背中から呼びかけてきて、私はのんびりと振り返った。

そこにいたのは氷川さんで、眉を少しだけゆがめ、まるで憐れなものでも見るかのような瞳で立っていた。

「なんでしょう?」

「少し――」

よろしいでしょうか? と言いたいのだろうか? お葬式のような顔でなにかを訴えている。はっきりと言えばいいのに。最後まで言葉を出すのが躊躇われるほど、私のことが気の毒に見えているのだろうか。

「はい」

静かに答えて、私は氷川さんのあとについていった。

オフィスのはずれにある、小さな会議室。

誰もいない静かすぎるその部屋で、氷川さんは座ることもせずに淡々と話を始めた。

「ジュエルコスメアニバーサリー企画の件……今後の方針がようやく決まったそうで

す」

「そうですか……」

気のない返事をした私を無関心と判断したのか、不服そうに眉をゆがめる氷川さん。

「気にならないのですか？」

「気にしても仕方がないので」

正直に答えた私に、氷川さんは瞳を険しくさせた。

そこに宿るものは嘆きだろうか、失望だろうか。ひとつ、小さく咳払いをして、氷川さんは続きを話し始める。

「プロジェクトはひとまず継続するそうです。ですが、『ジュエルコスメ』側の不信感が、まだ根強く残っていて……」

論理的な彼が、結論を先に伝えず、言い渋っている。彼らしくない。

よっぽど私に伝えづらいことなんだろう。だいたい、内容の予測がついた。

「大丈夫です。言ってください」

「……」

「いいから早く、教えて」

「……朱石さんを、企画からはずすそうです」

目を伏せながら、氷川さんは言った。

なんだ、予想通りじゃないか。会社的に言えば、その程度で済んだのだから、御の字だろう。

私だって、肩の荷が下りてホッとした。私のせいでプロジェクトがなくなったりしなくてよかった。私がすべてを失ったことには変わりないけれど。小さく自嘲して、唇を噛む。

「で、次のリーダーには誰がなるの？」

この質問も、聞くまでもなく予想がついていた。ナンバー2がリーダーへ繰り上がるとするならば、目の前にいるこの男こそが次のリーダーということになるだろう。

氷川さんは申し訳なさそうにして、言い淀んだ。

「上層部は、私を次のリーダーに、と、言っています。ですが……」

私は眉をひそめる。『ですが』ってなんだ。

「私は断ろうと思っています」

「……は？」

この言葉は私の予測の斜め上を行くもので、思わず声がひっくり返った。

「断るって、どうして⁉」

もしかして、私に悪いとか、思っているのだろうか。彼らしくない余計な気遣いしているのだろうか。

「……遠慮しているの？　もともと、私と氷川さんのどちらかが企画の運営を任されるはずだったんだから、私がダメなら氷川さんしかいないじゃない」

「この企画はあなたのものだ。私が横取りするわけにはいかない」

「横取りもなにも、仕方ないじゃない。私にはもう、リーダーになる権利はないんだから」

「……それで、あっさりと引き下がるのですか？」

「ほかにどうしろって言うの？」

ははは、と笑って肩を竦めると、氷川さんは眉間に皺を寄せた。

だって、仕方がないじゃない。私は取り返しのつかないミスをして、相応の責任を取らなきゃいけない。

氷川さんだって、そんなこと知っているはずなのに。どうしてそんな、やりきれない顔をしているの？

まだなにか？と私が首を傾げると、あきらめたかのように、ふう、と息を吐いた。

これ以上は無駄だと悟ったらしい。

「分かりました。私がリーダーを引き継ぎます」

氷川さんは私に背を向けて低い声でそう告げると、静かに会議室を出ていった。

会議室にひとり、ぽつんと残されてしまった私。

まだ勤務時間内だというのに、ここだけはシンと静まり返っている。

窓から外を見れば、人や車がせわしなく行き交い、世間は生き急ぐように廻り続けている。この会議室の外もそうだ、みんな慌ただしく時間に追われている。

なのに、私だけ。ひとり、時間の流れから置いてきぼりをくらっているようだ。

どうしてこんなに体が重いんだ。まるで鎖で両足を絡めとられているかのように、足が前へ進まない。

すべてを捧げてきた仕事に拒絶され、氷川さんにも失望されて。

これから私は、なにを掲げて生きていけばいいんだ。

「……っ……」

長いこと堪えていた涙がとうとうあふれ出し、嗚咽が漏れた。

せめて外の世界に響かないように、しゃがみ込んで丸くなって、膝に顔を押しつけて泣いた。

私がこのまま一日中ここで泣いていても、きっと外の世界のみんなは、私がいなくなったことに気づかない。

私なんか、いてもいなくても変わらないということを痛感した。

暗く深い思考の闇に飲まれようとしていた、そのとき。

会議室の扉がガチャリと開いた。

「朱石先輩⁉」

会議室に飛び込んできた市ヶ谷くんが、床にしゃがみ込んでいた私のもとへ走り寄ってきた。

つい顔を上げてしまった私の、涙でぐしゃぐしゃになった顔を見て、市ヶ谷くんは目を見開く。

「大丈夫ですか⁉　なにがあったんです⁉」

私の体を助け起こし、背中をそっと支える。

「氷川さんは戻ってきたのに、朱石先輩がいつまで経っても戻ってこないから、心配になって見にきたんです。もしかして、氷川さんに、なにかされたんですか⁉」

「心配かけてごめん。でも大丈夫だから。放っておいて」

せめて市ヶ谷くんの視線から逃れたくて、うしろを向いた。今、自信なく丸まった私の背中は、世界で一番情けないだろう。

もうこれ以上、見ないでほしい。輝かしい未来を背負ったあなたに、みっともない私の姿なんて目にしてほしくない。

けれど。その願いとは裏腹に、うしろから伸びてきた二本の腕が、私を包み込んだ。

「放っておけるわけ、ないじゃないですか」

彼のささやきが、耳もとで聞こえた。

「俺じゃ、甘えられませんか？」

背中から力強く抱き竦められ、彼の高めの体温が、じんわりと全身に伝わってくる。

「好きです。朱石先輩。俺に守らせてください」

市ヶ谷くんの顔が、私の肩口にぐっと埋まる。熱い吐息が首筋に広がる。

男性に抱きしめられた恐怖と、彼の温もり、その相反するふたつが私を支配する。

私のことを、好きだなんて、きっとこれは市ヶ谷くんの優しさだ。雨の中、道端に捨てられた子猫を、見捨てられないような同情心だ。

「……市ヶ谷、くん。ダメだよ、軽々しくそんなこと言っちゃ……」

私は声を絞り出す。

「軽々しくなんかありません」

市ヶ谷くんの腕に、ぐっと力がこもる。

「ずっとそう思ってました」

甘い言葉が、私の心を解きほぐす。

恐怖は拭いきれない。けれど、もしも彼の優しさに甘えることができたならば、楽になれるのだろうか。

彼のもとに逃げ込むのは、ずるいのかな？　そんな打算が頭をよぎったとき。

再び、会議室の扉の開く音がした。

「……！」

声にならない驚きとともに、慌てて顔を上げた私と市ヶ谷くん。

そこに立っていたのは。

「……氷川さん……」

淡々とした、けれど鋭い瞳で。そこに氷川さんは立ち、抱き合う私たちの様子を、黙って見つめていた。

頭の中が真っ白になった。違う、と叫びたくなったのはどうしてだろう。どちらにせよ、声は出なかったのだけれど。

氷川さんは私たちの様子を眺めた後、少しだけ顔をしかめて、口を開いた。

「……一応、心配になってきてみたのですが。あなたって人は……」

つぶやいて、ゆっくりと眼鏡をはずした。

「本当に――ひどい人……」

〝流星〟の、人を吸いつけるような綺麗な瞳。それがすうっと細くなって、口もとにやわらかな笑みが浮かぶ。でもその奥に見えたものは――嘆きと、哀しみ。

「あ……の……」

私は必死に言い訳を探していた。だが――いったいなにを弁解すればいいのだろう。流星の姿を目の前にして、体はよりいっそう動かないし、市ヶ谷くんの腕は振りほどけない。

「ひどいのはどっちですか」

先に口を開いたのは市ヶ谷くんだった。

「朱石先輩をこんな顔にして。もう、彼女を傷つけないでください」

「傷つける――か」

市ヶ谷くんの言葉に流星は、苦悶の笑みを浮かべる。

「最大限に、大切にしてきたつもりだったよ。俺なりのやり方で支えているつもりだった。たとえ憎まれても仕方がないと……」

それなのに、と。流星は整った髪をかき上げて、もう身なりなどどうでもいいというように、くしゃくしゃに乱した。

「ああ、もう、本当に。俺を失望させるね」

流星の瞳がぎらりと輝いた。腹の奥底で人知れずなにかを企んでいるような、邪悪とも言える不敵な笑みを浮かべる。

「傷ついている人に向かって、失望しただなんて！　本当に氷川さんは人の心を分かっていない人ですね！」

私をかばうように抱き竦め、怒鳴る市ヶ谷くん。しかし批難の声を無視して、流星は私の正面に立ち、見下ろした。

「それで？　いつまでいじけているんだ」

市ヶ谷くんの腕の中にいる私の顎に、挑発的に指をかけて、視線を自分のもとへ持ち上げる。

「男といちゃついてる前に、できることがあるでしょう？」

「触るな！」

市ヶ谷くんが私の体を引き寄せて、自分の背中に隠す。かまわず続ける流星。

「一回の挫折であきらめるのか。光子の覚悟ってその程度だったんだね。『新しいものを創り上げたい』だって？　さんざん俺に偉そうなこと言っておいて、がっかりだ」

「もういい加減にしてください！」

私の代わりに市ヶ谷くんが吠える。が、流星の弾劾は止まらない。

「おとなしく負けを認めて引き下がるの？　あたり障りのない、安定した仕事をしてみる？」

ズキンと胸が痛んだ。〝安定〟……私が一番忌み嫌っていた言葉だ。それにしがみつく限り、新しいものを創造することなんてできないのだと、繰り返し自分に言い聞かせていたはずなのに。

「本当にそれでいいの？　あのとき、俺に言ったよね？　熱意を持って仕事に取り組んでいるって。あれは全部、嘘だったの……？」

私をかばう市ヶ谷くんのうしろから、裏切られたような顔の流星が見える。

「違う……嘘なんかじゃない……」

あの言葉こそが本心だ。報酬とか、お金とか、そんなことはどうでもいい。

私がただひとつ欲しいのは、クライアントの——そして私を支えてくれるすべての人の笑顔。

そのために、どんな苦労も受け入れてきた。不条理に怒鳴られたことも、夜中まで働き続けたことも、つらい経験さえ喜びに変わるのだと信じてここまでやってきた。

けれど……。

「熱意だけじゃ、どうにもならなかった」

あふれ出た感情とともに、涙がこぼれ落ちて、胸もとに小さな暗色の染みを作った。

私だって、できることならプロジェクトを完遂したかった。

アイデアを振り絞り、必死に創り上げた企画だ。ほかに埋もれないように、誰しもの心に残るように、この世界で、たったひとつの素晴らしいものになるように、試行錯誤の末にできあがった企画なんだ。

それなのに、私がよかれと思ってしたことは、すべて裏目に出てしまった。役に立つことなんて、なにひとつできなかった。

「怖い……怖いよ……もうこれ以上、失敗なんてしたくない」

未知の領域へ踏み出す勇気が、もう持てそうにない。こんな私が新たな感動なんて生み出せるとは思えない。

市ヶ谷くんの腕から逃げ出し、ふらふらと窓際に手をついた。額を擦るように、情けなく涙をこぼす。

責任感が薄れたわけじゃない。クライアントの依頼に百パーセントで応えたい気持ちは変わらない。

でもそれができない矛盾――私はこの先、どうしたらいい……?

「朱石先輩……」

駆け寄ろうとした市ヶ谷くんの肩に流星が手をかけた。

「離してくださ――」

抗議しようとした市ヶ谷くんだったが、流星の真剣な眼差しに気がつき、言葉を飲み込む。

「しばらくふたりきりにしてくれないか」

「で、でも――」

「頼む」

躊躇った市ヶ谷くんだったが、流星のただならぬ雰囲気に負けたようだ。渋々背を向け、引き下がった。

市ヶ谷くんが部屋から出て行ったのを確認して、流星はゆっくりと私のもとにやってきた。

「ねえ、光子。こっちを見て」

その声はとても穏やかなもので、そこにはもう、私を責め立てるものは存在しなかった。

「俺が何度も厳しい言葉を投げかけたのはどうしてだと思う。言ったはずだ。つらくあたるのは、決して嫌いだったからじゃない。ライバルとして、誰よりも光子に可能性を感じていたからだ」

涙で滲んだ視界に、真摯に私を見つめる流星が映った。

「新しいものを創り上げて、俺に見せてくれるんだろう?」

「……私には、そんなことできないよ……」

ふっと彼が微笑んだ。私の涙の行く先を、期待に満ちた眼差しで見つめる。

「教えてくれたじゃないか。あの日。光子が歩んできた五年分の軌跡を。その道のりが無駄だったなんて言わないでくれ」

流星が、私の頬に手を伸ばし、親指で目もとを拭う。

「ずっと努力してきただろう。不安と戦いながら。本当は臆病な自分を隠して、強く気丈に振舞ってきたじゃないか」

どうしてそんなことを知っているのだろう。弱気な自分を悟られないよう、必死に隠してきたのに。

困惑しながら見上げると、その疑問に答えるように、流星はゆっくりとうなずいた。

「分かるよ。一番近くで、ずっと見てきたんだ」

長い間私を苦しめてきた彼は、間違いなく誰よりも一番近くにいてくれた人。私以上に私のことを知っていてくれる存在。

膝の力が抜けて、壁に背中を擦りながら、ずるずるとへたり込んだ。

彼の言葉が、つらくて、痛くて、救われる。

失敗が怖いだなんて、甘えたことを言う私に、こんなにも優しくしてくれるなんて……。

「ここで終わりにしたくないんだろう？　俺も同じだ。ひとりが不安なら、俺が隣にいる。だからもう一度、前を向いてくれ」

凍てついた心の中に、流星の温かな言葉がじわりじわりと侵食していく。真っ暗闇に、一筋の光の道を創り出す。

「俺を信じて。必ず光子をもう一度笑顔にしてあげるから」

私の前に膝をつき、流星が手を差し出す。窮地から何度も救ってくれた、頼もしい手のひらが、目の前で私の決断を待っている。

失敗への恐怖はやまない。自信も、まだゼロのままだ。

けれど、流星の言葉を信じてみたいという、わずかな希望。それが私の心を突き動かした。

「流星、私……」

差し出された手のひらにそっと手を重ねる。

それを流星はしっかりと握り返して、私の体を引き起こした。

「ずっとそばにいる。もしもこの先、躓くことがあれば、何度だって俺が立ち上がらせてあげる」

立ち込めた霧が晴れるように、サッと視界が明るくなって、流星の力強い笑顔が飛び込んできた。

まるで、魂を注ぎ込まれたかのように、じんわりと胸が熱くなる。心の奥底から走る勇気が湧いてくる。

私ひとりではなにかを実現する力なんてないかもしれない。けれど、隣に流星がいてくれるのなら。

もう一度、前を向いて走ることができる。

「……うん」

私がうなずくのを確認して、流星はそっと私を抱き寄せた。ぽんぽん、と背中を優しく叩き顔を覗き込んだ後、安心したようにささやく。

「うん。いい顔になった」

すると流星は、私の手首を強引に引き、会議室を飛び出した。

「どこへ行くの⁉」

私を連れて走る流星。そこそこ人の多い廊下を、通行人にぶつかりそうになりながらもすれすれに避けて駆け抜ける。

「やるべきことを、やりに行くんだよ」

「やるべきこと……？」

「ひとつしかないだろ！」

閉まりかけの扉に滑り込むようにオフィスへ戻ると、バタバタと騒がしい足音を隠しもせず、デスクへ。いったいなんの騒ぎかと、周囲の視線が集まっている。

「出かける用意して」

「出かけるって、いったいどこへ――」

「いいから、早く！」

「わ、分かった」

急かされるがまま、私は机の上に投げ出していた私物をバッグの中に詰め込んだ。

一足先に準備を整えた流星が、ビジネスバッグの持ち手に手を掛け肩にかつぎ上げた。

「ほら、行くよ」

「は、はい！」

「待ってください！」

慌ただしく過ぎ去ろうとする私たちを呼び止めたのは、青山さんだった。

今さっきコピーでも取っていたのだろう、Ａ４の用紙の束を抱えながら、血相を変えてやって来る。

「氷川さん、眼鏡は⁉」

眼鏡をはずして〝流星〟となった氷川さんの様子に、青山さんはひどく驚いているようだった。愕然としながら、流星のもとへ追いすがる。

そんな青山さんへ、流星はにっこりと微笑みかけた。

「やめた」

「やめたって……」

「いらないんだ。もう」

そう答えた流星に、青山さんの表情は一気に暗くなる。

そんな彼女にもかまわず、流星は身を翻した。

「行くよ！」

「は、はい！」

呆然と立ちつくす青山さんを置いて、私と流星はオフィスを飛び出した。

たとえどんなに見苦しくとも

「いやぁ、ちょっと、こんなところでそんな、やめてくださいよっ……!」

腰を九十度に曲げて頭を下げた私と流星を前にして、ジュエルコスメ広報担当の相模さんはわたわたと慌てふためいた。

アポイントもなしに乗り込んできた私たちに、受付の担当者も困惑していた。待合スペースで待たせてもらい、二十分ほど経った頃か。連絡を受けた相模さんが何事かと飛んできた。

社員や来客が多く行き交うロビーの脇で、出会った早々『申し訳ありませんでした!』と深々と謝罪を始めた私たちに、焦り戸惑う相模さんの反応は至極あたり前だと思う。

「だいたい、この件はもう片づいたはずじゃありませんでしたかねー……」

「一度、直接本人から謝罪させていただきたく——」

「謝罪なら、御社の営業の方や小野田さんからさんざんしていただきましたから——」

勘弁してくれとばかりに私たちをなだめる相模さん。

そもそも彼は、今回の件に関して、それほど気を悪くしていないようだ——という
よりもむしろ、自分の連絡が遅くなったばかりに、思いもよらぬ大事に発展してしま
い、申し訳ないと感じているみたいだった。
「こちらこそ、大騒ぎして申し訳ありませんでした。どうも社長はその手のことに敏
感で」
小声で謝る相模さんはひょっとしたら、社長の強硬に辟易しているクチなのかもし
れない。
「どうか、社長に直接謝罪させていただくことはできませんか？」
「いやー、それは難しいですねー。なにしろあの人、頑固だから」
「そこをなんとか、お願いします！」
「いやいやいやいや——」
相模さん自身も取り次ぐのが面倒くさいのだろう。しばらくの間粘ってみたけれど、
社長に面会させてもらうことは叶わなかった。

＊　＊　＊

歩いていた。

「予想通り。そうそううまくいくわけがないよ」

あれから相模さんに強引に追い返された私と流星は、帰社すべく駅までの道のりを

「ダメだったね」

「これであきらめるなんて、言わないでね。社長にお目通りが叶うまで、毎日行くよ」

流星が歩道を歩きながら、冷ややかな瞳で私のおでこをひと突きした。

「ま、毎日……？」

「あたり前でしょ。しつこいくらいじゃなきゃ、誠意なんか伝わらないよ」

「ごもっともで……」

私は突かれたおでこをさすりながら、渋い顔でうなずいた。

腑に落ちないのは、どうして流星がわざわざ私の謝罪行脚に付き合ってくれるのか。

いつもスマートな彼がどうしてこんなにも見苦しい真似を許してくれるのだろうか。

翌日の同じ時間。私と流星は再び相模さんのもとを訪れた。

今度はちょっとした手土産なんかを用意した。流星がどこからともなく調達した紙袋。中身は、社長好物の高級佃煮らしい。佃煮が好物だなんて情報、どこから仕入れ

たのだろう。

だが結果は今日も同じだった。やんわりとあしらわれ、私たちは帰路につく。

仕方がないから、佃煮だけは『ぜひ社長に』と相模さんの手に押しつけてきた。

「手土産なんて小細工、あの社長、あんまり好きじゃないと思うよ？　むしろ逆効果じゃないかな……」

帰り道、私と流星は今日の反省と今後の対策を考えていた。

曲がったことは大嫌い、頑固一徹のあの新藤社長が、贈り物で機嫌をよくしてくれるとは思えない。それどころか、逆上するんじゃないだろうかと、私は考える。

「手土産が大事なんじゃない。毎日謝罪に来ているということを社長へアピールすることが大事なんだ」

「まぁ、たしかに、そうだね」私はうなずく。

「それと、今日の夜二十二時、もう一度謝罪に行くよ」

「え⁉　夜の二十二時⁉」

私は驚いて目を丸くした。そんな遅い時間にどうするというのだ。いくらなんでも迷惑だろう。下手したら、相模さんも帰っちゃってるんじゃないだろうか。

ひょっとしてまさか、夜のお店で接待的な……？

疑わしげな目をする私に、流星があきれた声で言う。

「なに想像してるの？　別に変なことはしないから、黙ってついてきなさい」

「は、はぁ」

腑に落ちないまま、私はうなずく。流星のことだから、なにかしら考えがあるのだろうけれど。現に今もこうして謝罪に付き合ってくれているわけだし。きっとなにか、現状を打破するとっておきの策があるのだろう。……たぶん。

いったん帰社して仕事を片づけたのち。二十一時過ぎ、私と流星はジュエルコスメ本社に向けて会社を出発した。

着いたのは、予定時刻の二十二時より十五分ほど前。

こんな時刻に正面玄関は開いていなかったので、駐車場のある裏手にやって来た。

「じゃあ、これ着て」

流星はビジネスバッグの中から折りたたまれた白い布地を取り出して、私へ差し出した。

「なに、これ？」

手に取って広げたところで、それがなんなのかはすぐに分かった。だが、なぜこんなものを渡されたのだろうと、私は沈黙する。

「見て分かんない？　白衣だよ」

「……それは分かるけど」

「早く、着て」

お医者さんが着る真っ白なあれを羽織らされて、駐車場のゲートバーを出たところの、道路脇に立つように指示された。

流星は、駐車場出口のど真ん中——今、車が来たら絶対に轢かれるであろう場所に立って、私の方を眺める。

「うーん、あと三歩手前。もう少し左、そうそう、そこでストップ」

「なにしてるんですか？」

「位置の調整。うん、その場所、しっかり覚えておいて」

「この場所に、いったいなにが……？」

流星は腕時計を見ながら、そろそろかな、と漏らした。

「これからこの場所を黒いベンツが通るから、来たらここで礼をしてて。頭は深く下げて、謝罪のときのやつ。俺はそこの植込みの陰にいるから。ひとりでできるよね」

流星は一方的にそう告げると、不安げな私をよそに、さっさと植込みの陰に引っ込んでいった。

それから五分経過。今のところ何事も起きない。

私が流星の方へ駆け寄ろうとすると、流星は手を前に出して『止まれ！』という合図を送った。その後駐車場の出口の方を指さして『ちゃんと見てろ！』というようなジェスチャーをする。

さらに五分経過。

出庫のランプとブザーが鳴り響いて、流星の言う通り、黒いベンツがやって来た。私は慌てて深々と頭を下げる。視線が足もとへ行ってしまい、車の様子は見えない。

ヘッドライトが私を照らした後、何事もなく車は通り過ぎ、道路に出てそのままどこかへ走り去っていってしまった。

車が見えなくなったことを確認して頭を上げると、隠れていた流星が私のもとへ戻ってきた。

「はい、お疲れ様」

「流星、あの車って、もしかして……」

「うん。社長の乗ってる車」

流星は適当に返事をした後、スーツの内ポケットから手帳を取り出し、ペラペラとめくった。

「明日は二十一時頃、明後日は二十時半頃。明々後日は——結構遅いな。二十三時半頃。要領分かった？　明日からはひとりでも来れるよね」

「……もしかして、明日から毎日社長の帰宅時間に合わせて頭を下げに来いって言ってる？」

「そういうこと。あ、白衣も忘れないでね。ただでさえ夜で暗いのに、白い服じゃなきゃ周囲と同化しちゃうから」

平然と言い放つ流星。毎日この時間にって、結構えげつないことを言ってるけれど、自覚はあるのだろうか。

たぶんほかの人にこんな命令出したら、会社辞めちゃうと思うぞ。相手が私だと分かっているから、言っているのかもしれないけれど。……新手のいじめだったりして。

まぁ、私としても社長には謝りたいし、最大限誠意をつくしたいとも思っているから、流星の作戦に付き合うけれど。

果たして、本当に効果はあるのだろうか……？

「ところで流星、社長の帰宅時間なんて、どうやって調べたの？」

「ん。それは企業秘密」

「そう……」

相変わらずこの男は、よく掴めない人だ。

謝罪行脚から十日が経った。

流星は、毎日手を変え品を変え、様々なお詫びの品を用意してくれている。いったい社長の好みの情報をどこから仕入れてくるのだろう、相変わらず謎めいている。

一方のジュエルコスメ側はというと、毎日の訪問にさすがの相模さんも付き合いきれなくなってきたようだ。まぁ、忙しい人なのであたり前だろう。

代わりに、部下の伊藤さんがロビーで私たちを出迎えてくれることが多くなった。

二十日経つ頃には、伊藤さんとはすっかり顔なじみになっていて、私がひとりで謝罪に行ったある日、ぽつりと質問してきた。

「そういえば、朱石さんとよく一緒にいらっしゃる方――」

「はい、氷川がどうかしました?」

「こんなこと聞いてもいいのか分かりませんが……彼、うちの秘書課の者と付き合っていますか?」

「……は!?」

目を真ん丸くさせた私に、伊藤さんが苦笑いしながら説明する。

「いえ、ね、うちの秘書課の者が、言いふらしているものですから。美倉広告企画のイケメンの若手エースと付き合ってるーって」

「そ、そうなんですか……？」

失笑するしかなかった。

まさか、あの流星に限って客先の子をナンパなんて。……だが、最近彼の様子がおかしいこともたしかだ。

彼にとってなんのメリットもない私の謝罪行脚を手助けしてくれたり、突然眼鏡をかけなくなったり……。

ひょっとして、毎日ジュエルコスメに足を運んでいたのはこのためなの？

眼鏡をかけなくなったのも、女の子を口説きやすくするため⁉

なんだか無性に腹が立ってきた。こっちは真剣に謝罪に来てるっていうのに、言い出した流星自身が浮ついてるなんて。

帰ったら、しっかりと問い詰めなければと思った。

「氷川さん、ジュエルコスメの秘書課の子に手を出しました？」

「……は？」

帰社後、嫌悪感丸出しで詰め寄ってきた私に、自席に座っていた流星は頬を引きつらせた。

隣に座っていた青山さんが、ぴくりと反応して、言葉の意味を察したのか、流星の方を睨む。女性ふたりを敵に回して、流星はげんなりとした顔で席を立った。

「朱石さん、その話、ここでは」

流星は私をオフィス外に連れていこうとしたが、それには青山さんが黙っていなかった。

「その話、私も聞かせていただきたいのですが、よろしいですか朱石さん」

「いいよ。青山さんもおいで」

「ちょっと、あなたたち、勝手に話を――」

文句を言おうとした流星だったが、私と青山さんのただならぬ剣幕に敵わないと悟ったのか、沈黙した。

私はふたりを先導し、普段誰も寄りつかない廊下の隅にある非常階段へと案内した。ここならば人目を気にせず彼を問い詰めることができる。

私と青山さんに両脇を固められ、観念した流星が、渋々口を開いた。

「朱石さん、前に聞きましたよね。『社長の帰宅時間を、どうやって調べたのか』と」

「ええ」

「これが答えです」

なにを言っているのだろう。意味がよく分からない。察しのつかない私を見て、流星はバツが悪そうに頬を掻く。

「秘書課の子と親密になって、情報を聞き出しました」

「……は？」

思わず自分の耳を疑ってしまった。

「つまり、情報を吐かせるために、秘書課の子を口説き落としたと言うんですね？」

私の疑問を青山さんが躊躇うことなく口に出した。

「言っておくけど、少し揺さぶっただけだから。体の関係とかないから」

「なにを偉そうに、この鬼畜」

苦しい言い訳をした流星に、青山さんが驚くべき毒舌でツッコミを入れて、ちょっとびっくりした。が、概ね私も賛成だ。「最低ね」とひと言添える。

「楽しく食事して酒を交わして話をしただけだ。責められるようなことはなにもしていないよ」

「気のある素振りで騙したんですよね」

「流し目使って『綺麗だね』とか『かわいいね』とか言ったんじゃないの⁉」

口々に反論した私たちに、流星はなにも言い返すことができなくなった。

「だいたい、秘書課の子なんて、どうやって知り合いになったのよ」

「それはっ！　あなたが悪い！」

突然ムキになる流星。

「あなたが勝手に俺の名前を出して、営業部の若部さんと合コンに行く約束なんてしたんだろう！」

「え」

そういえば、若部さんに星宝Ｌｉｌｉａへの仲介を頼んだときに、交換条件として流星を合コンに連れてくって約束したんだっけ。

私が知らない間に、流星はちゃんと約束を果たしてくれていたようだ。

ありがたくもあるけれど、合コンで女の子を口説き落とす流星の姿を想像すると非常に腹立たしい。

とはいえ、きっかけを作ってしまったのが私自身だったとは。気がつくと流星と青山さんの冷ややかな視線が私へ注がれていて、思わず目を逸らしてごまかしたのだった。

ふと、青山さんが真面目な顔になって、流星へ問う。

「それは、村正さんのやり口ですね」

不意に飛び出た名前にハッと顔を上げた。かつて、流星がつき従っていたという、今は亡き伝説の人。

青山さんは、流星の前でその名前を出すなと私へ念を押したはずなのに、彼女自身がその禁を破った。

流星の方に視線をやると、苦虫を噛みつぶしたような顔で沈黙している。

「あの人の外道なやり方だけは真似したくないとこぼしていたあなたが、どうして同じことをしたんですか」

「正攻法だけじゃもうどうにもならないことだってあるんだよ」

「眼鏡をはずしたのも、同じ理由ですか？」

青山さんの質問の意図は、私にはよく分からなかったけれど、ふたりの間では十分に通じる内容だったみたいだ。

流星は少しだけ苛立った様子で、髪を乱暴にかき上げる。

「自分の進退よりも、譲りたくないものができたんだ」

ぶっきらぼうに言い放った流星。状況もよく飲み込めないまま佇んでいる私を一瞥した。

「なんにせよ、早く謝罪を成功させることだ。そうすれば情報なんて必要なくなるんだから。俺も困っているんだ。秘書課の彼女が結構焦れてきて、夜のお誘いを断る言い訳がつきてきた」

私の頭にポンと手を置き、ニヤリと意地悪く笑う。

「あなたが謝罪を成功させるのと、俺が秘書課に食べられちゃうのと、どっちが先かな？」

「ふ、ふざけないで！」

全然笑えない冗談を残して、ひとり非常階段を後にしてさっさと帰ってしまった。

去っていってしまった扉の向こうに向かって、無駄だと知りつつも文句を叫ぶ。

横にいた青山さんが、あきらかに不愉快そうな顔でこちらを睨んだのが分かった。

「朱石さん、あなた、氷川さんになにをしたんですか⁉」

「は？」

突然怒りの矛先を向けられ、思わず後ずさる私。そんな私を追いかけて、詰め寄ってくる青山さん。普段、感情の起伏の少ない彼女の怒った姿は、結構怖い。

「朱石さんのせいです！　氷川さんが眼鏡を取っちゃったのも、こんな無茶なことをするようになったのも！」

「ちょ、ちょっと待って、眼鏡と私と、なんの関係があるの⁉」

青山さんが先ほどからこだわっている〝眼鏡の有無〟。それがいったいなにを示しているのか分からなくて、返答のしようもない。

青山さんは私を睨みつけながら、ギリッと唇を噛みしめた。悔しいような、歯がゆいような、純粋な彼女だからこそ真っ直ぐに表すことのできる負の感情。

やがて青山さんはあきらめるかのように私から視線をはずした。ぽつりぽつり、その怒りの理由について、語り始める。

「氷川さんの眼鏡に度が入っていないこと、ご存知でしたか？」

「え、ええ。女避けだって言ってたけど」

「もうひとつ、大きな意味があるんです」

わずかに沈黙した後、青山さんは躊躇いがちに口を開く。

「三年前、眼鏡をかけるように勧めたのは私なんです。氷川さんが、自分を見失っているときでした」

「自分を見失う……？」

「氷川さんの上司であった村正さんが、ミスを押しつけられ会社を辞めさせられた直後の話です」

　ふっと青山さんが、昔を懐かしむように微笑む。

「私はまだ入社していなかったので直接村正さんを知っているわけではないのですが。話によると、氷川さんは村正さんに心酔していて、無謀とも言える強引な仕事の手法を真似していたそうです」

　氷川さんが無謀？　強引？

　青山さんは続ける。

「村正さんの無茶が許されたのは、彼が実績を上げて誰よりも売り上げに貢献していたからです。それでも、出る杭は打たれます。彼に反対する派閥も存在していました」

「派閥？」

「ええ。穏健派と呼ばれる人たちです。彼らの策略により村正さんはあっさりとつぶされてしまいました。勢いをつけた穏健派は、上層部の大半にまで勢力を拡大し、それは村正さんの遺志を継ぐ氷川さんにとっては、非常に厳しい状況でした。たとえ氷川さんが大株主の息子だったとしても、どうにもならないほどに」

　そういえば、かつて流星も言っていた。この会社で必要とされているのは、〝氷川〟のようなリスクを取らない堅実な社員だと。

「正しいと思うことをすればつぶされる。この会社で生き残っていくためには、自分を曲げるしかない。けれど自分を曲げたくなんかない。そんな葛藤の最中に、私は氷川さんと出会いました。だから私は言ったんです。眼鏡をかけてしまえばいい、と」

「え?」

彼女はこめかみをトントンと叩きながら、その重要性を説き明かした。

「眼鏡をかけている間は、会社に求められるがままの、真面目な人材〝氷川〟。はずしている間は、ありのままの自分〝流星〟。ふたつを分けてバランスを取るように繰り返し刷り込んで、あなたの知る〝氷川流星〟ができあがったんです。おかげで、氷川さんは平山課長などの穏健派から秘蔵っ子として大切に育てられてきました」

つまり平山課長属する穏健派が、流星の憧れの人を罠に突き落としたというわけか。

そんな人のもとで忠実な振りをして働いていただなんて。いったいどんな気持ちでその状況を受け入れていたのだろう。

「それから、その頃、私は氷川さんと少しだけお付き合いをしていました。傷心の氷川さんを、無理やり言いくるめて、強引に付き合わせたんです。少し経って冷静さを取り戻した氷川さんに振られてしまいましたけれど。そういうところは真面目な人なので」

『真面目な人』——か。

青山さんと別れた理由が、彼の誠実さだとするならば。それはつまり、青山さんを大切に想っていたということだ。

期間の長さに関わらず、お互いを大切に想い合っていたという事実。そして、氷川流星のつらく苦しい時期にそばで支え続けたのは、青山さんであるということ。

ふたりの歴史の重さを知って、胸がずきんと痛んだ。

「話が逸れてしまいましたが……眼鏡は、氷川さんが氷川さんであるための象徴なんです。この会社で生きていくための決意です。今の彼は、この会社に求められていない存在なんです。氷川さんだって、それをちゃんと分かっていて、受け入れていたはずだったのに！」

青山さんが熱い瞳で、再び私へ詰め寄ってきた。

「いったいどうやって彼の中の〝氷川〟を殺したんですか！」

涙を浮かべて私の胸もとを揺する青山さんに、なんの言い訳も思いつかなかった。

彼が眼鏡をはずした原因——それはきっと、私が不甲斐なかったからだ。私が自分のミスに捕らわれて、考えることを放棄していたから。

流星は、自分を——〝氷川〟を捨てることで、私を助けてくれたのだと思う。

なにもしようとしなかった私の代わりに、本来私がするべきことを、自分の身を削ってまで代替してくれていたのだ。

「……ごめんなさい」

それだけ言って、私は目を伏せた。ほかにかける言葉なんか思いつかない。ふたりが長い間かけて築き上げてきたものを、私があっさりと壊してしまった。

「謝られたくなんかありません！」

青山さんは私の胸もとを弾き飛ばした。やるせない顔のまま、非常階段を飛び出していく。

結局またこの場所にぽつんと残されてしまったのは私で、いつになってもこの階段は、私の無力さを思い知らせてくれるんだなぁと、心底嫌になった。

このままではいけない。

いつまでも流星に甘えているわけにはいかない。

流星のため、彼を大切に想う青山さんのためにも、私が、自分でなんとかしなければいけないことなんだ。

この終わりの見えない謝罪行脚を成功させるために、必死に考えを巡らせた。

それでも私はあきらめない

謝罪行脚から二十五日目。この日は朝から雨がしとしとと降り続いていて、鬱々とした嫌な空をしていた。

本社ビル一階のロビーで、流星からお詫び用の手土産を渡されて、これから単独でジュエルコスメへ向かおうというところ。

「ねぇ、流星。このお詫びの品も、秘書課の子から聞き出した社長の好物なんだよね？」

「ええ。もちろん」

「好物のほかに、なにか社長の情報って聞いてないの？」

「なにか……っていうと？」

「なんでもいいの。趣味でも、特技でも、好きな芸能人でも、家族構成でも」

「いったい、そんなもの、なにに使うの？」

ブツブツと漏らしながら、流星はスーツの内ポケットから手帳を取り出して、ペラペラとめくった。

「えー……新藤昭三。七十歳。家族構成は十五歳下の妻と二十代の娘がふたり。家族とは仲がよく、年に一度は必ず海外へ家族旅行に出かけるのが通例となっている。趣味はゴルフで、毎週のようにゴルフ場を回っていたが、去年腰を痛めてからは自粛。それ以来、体重が増加傾向にあり、持病の高血圧が悪化しているとか」

「高血圧……か」

今まで差し入れしてきた手土産の内容を振り返ってみると、佃煮に塩辛、牛筋の煮込み――たしかに塩分の高い食材ばかりだ。その上、あの気の短さ。性格も血圧を上げる要因になっているのではないだろうか。

そこに流星がつけ加える。

「野菜や果物が嫌いという食生活も、災いしてるんだろうね」

「なるほど……」

食べるものは食事というよりもおつまみに近い、偏った食生活。そして、意外でもある家族思いな一面。忙しい中、欠かすことのないという家族旅行。年の離れた奥様と、愛娘ふたり。

ひとつ、プランを思いついた。でも、リスクばかりで成功率も高くない大博打。けれど、うまくいかない現状をひっくり返すという意味では、試してみる価値があると思う。

浅はかな行動で謹慎を命じられた私が再び失敗したら、今度こそ次はないかもしれない。けれど、やはり私はこう思うのだ。『なにかを得るためには、リスクを冒さねばならない』と。これが私の原点なのだと思う。

そして、失敗を恐れるなと教えてくれたのは、ほかならぬ流星だ。一度の挫折であきらめてはならないと、私を奮い立たせてくれた。

「流星」

これまで背中を押し続けてくれた彼には、感謝しかない。

「今まで、ありがとう」

突然素直になった私に、どうやら嫌な予感がしたみたいだ、流星が顔をしかめる。

「急にどうしたの、気味悪いんだけど」

「勝負を仕掛けてみようと思うの。よくも悪くも、きっと今日でこの謝罪の日々は終わりになる」

「……なにを企んでいるの」

流星が私の手首を掴み、止めに入る。けれど、私はその手をそっとはずした。

「これ以上甘えるわけにはいかないから、私なりの流儀でやってみようと思うの。もう、後悔を残すような仕事のやり方をしたくない。全部出しきって、これでダメなら、潔くあきらめようと思う」

逃げ道を残すのは私らしくない。常に全力全霊。それが私、朱石光子のモットーだったはずでしょう?

「それなら、俺も行く」

彼の申し出に、私は首を横に振る。彼まで巻き込むわけにはいかない、リスクを背負うのは私ひとりでいい。

「流星はここで待ってて」

「だけど——」

興奮した流星をなだめるように、私は彼の右手を、両手でそっと包み込んだ。

流星は目を見張る。思えば、私自ら彼に触れたのは、初めてだったかもしれない。

「ここまで連れてきてくれてありがとう。ダメな私にあきらめないで、傍にいてくれたこと、感謝してる。でも、ここまでで大丈夫。あとは自分でなんとかするから」

彼の瞳が、動揺でゆがむ。決して私は彼を拒絶したかったわけではないのだけれど、彼は悲しそうに目を伏せた。

「いつもそうだ。助けることさえ許してくれない。自分の力だけで、どんどん前へ進んでいってしまう」

「それは違うよ。私が今ここにいるのは、流星のおかげだよ？」

驚いた顔で視線を上げる流星。私は握る手に力を込めて、その言葉が本当であることを伝えようとした。

「それから〝氷川さん〟のおかげでもある」

いつも私の前に立ちはだかって、嫌われ役を買って出てくれた彼がいてくれたからこそ、私は成長することができたのだ。

流星が、ふっと笑った。ちょっと情けない眉になって、参ったとでも言いたげに嘆息する。

「まるで遺言みたいなことを言うね。戦地に赴く兵士みたいだ」

「あながち、間違ってないよ。仕事はいつも戦いだから」

「勝負の〝赤〟を身に着けるくらいだからね」

私の下着のことを言っているのだろうか。人が真剣にお礼を告げてるときにからかうなんて。ムッと頬を膨らますと、流星は小さく笑って、けれど、次の瞬間には、とびきりやわらかい瞳になった。

「必ず笑って帰ってきて。光子ならできると信じてる」

流星のもう片方の手が、私の両手を包み込む。力を与えられているみたいにじんわりと温かさを感じて、今ならなにも怖くない気がした。私ひとりでも、彼とふたり分の想いを背負って戦いに行ける、そんな自信が湧いてきた。

「いってきます」

「いってらっしゃい」

会社を出て今まさに戦地へと旅立つ私の背中を、流星はしばらくの間見守っていてくれた。

彼の視線を感じながら歩く道のりは、なんだかとても心強かった。

私たちのお詫びの品が、新藤社長のもとに届いているということは、流星の情報源である秘書課の彼女から確認済みだ。正しくは、秘書に包装紙を開けさせ、中身を報告させてから、破棄するように命じているらしい。

やはり頑固一徹の新藤社長。手土産程度でつられるような人間ではないということか。それにしても、高級食材が毎日破棄されているとは。庶民としては心が痛む話である。それはそれとして食べても罰はあたらないのに。もったいない。

だからこそ、今日もお詫びの品を開封するであろうと確信していたし、それにあたって、ちょっと細工を仕込んでおいた。

これを見た新藤社長が黙っていないことは火を見るよりもあきらかだ。彼がそういう性格だってことは予想がつく。人を見る目だけはちょっと自信があるのだ。

流星に言った通り、いい意味でも悪い意味でも、今日が最後の謝罪行脚になるだろう。成功か失敗か、結果はふたつにひとつだ。

少し緊張に身を硬くしながら、夜の十一時。ジュエルコスメ本社ビル裏手にある、駐車場の出口で立っていた。

まだ雨は降り続いていた。けれど、謝罪の意を示すのに、傘を差すわけにはいかない。

傘を折りたたんだ私の体に、細かな雨粒が降り注いで、それほど大降りではないけれど、じわりじわりと私の体温を奪っていった。

そして。

予定時刻を十分過ぎたころ、駐車場の奥から強いヘッドライトが近づいてきて、真っ黒な高級車が威厳に満ちたその姿を現した。

私は頭を深々と下げ、刻を待つ。

私の作戦が成功ならば、ここで新藤社長がなんらかのアクションを起こしてくれるはず。

何事もなく車が通り過ぎれば、それは失敗を意味する。謝罪行脚もこれでおしまい。私は出入り禁止を食らったまま、二度と関連する仕事に携わらせてもらえないだろう。

真っ黒な高級車が、私の前をゆっくりと通り過ぎていく。

何事もなく、いつも通りに。

正面の道路に出て、社長の自宅へ向かい、アクセルをふかす。

——ダメだったの!?

私は頭を深く落としたまま、唇を噛みしめた。

そのとき。

その高級車が、ゆっくりと路肩に停止した。

重苦しく後部座席のドアが開き、最初に中から姿を現したのは、まだ若くて美しい女性だった。ピシッとしたスーツを着こなすも、仕草はしなやかで女性的。大和撫子といった風情を醸し出している。きっと秘書だろうな、と私は思った。

その女性は大きな黒い傘を広げ、後部座席の入口を守るようにかざした。その傘の下、後部座席から姿を現したのは、高級そうなダブルのスーツを身に纏った、中肉中背の男。

――新藤社長――

傘を持つ秘書を斜めうしろに従えて、社長はどっしりとした緩慢な動きで、私のもとへ歩いてきた。

顔を上げた私の目に映った彼の表情は、予想通り、憤然としたものだった。

「毎日毎日、馬鹿のひとつ覚えのように頭を下げて。この程度で許されると思っているのか」

低くしゃがれた、けれどよく通る声が闇夜に響き渡り、私の体を震わせた。

「……気づいていただけていましたか」

「気づかれるよう、真っ白な服がライトで反射する位置を計算してわざと立っていたのだろう。まったく、小賢しい」

忌々しく吐き捨てて、汚いものでも見るかのように視線を注ぐ。

「好物の品を送れば気をよくするとでも思ったか。そういうずる賢い考えが、私は一番嫌いなんだ。とくに、今日はなんだ！　貴様にそんなことを心配される覚えはない！　厚かましいわ！」

やはり怒らせてしまった。が、それこそが私の目的である。

今日、渡したお詫びの品は、流星が用意してくれたものではない。昼間、流星から得た情報をもとに慌ててかき集めた、野菜や果物の高級詰め合わせだ。

わざと社長の嫌いなものをチョイスして、さらに簡単なメモを一枚添えておいた。

『敬愛なる新藤社長へ。

塩分の高いものばかり召し上がらずに、どうかお体をご自愛ください。

愛する奥様とお嬢様方が心配なさいますよ』

社長の性格上、『余計なお世話だ！』と怒るのは目に見えていた。必ず私へ直接文句を言いに来る、そう踏んだのだ。

理由はどうあれ、社長を引っ張り出すことに成功し、直接謝罪できる機会に繋ぐことができた。ピンチはチャンスというわけだ。

「出すぎた真似を、申し訳ありません。ですが、どうしても一度社長と直接お話する機会をいただきたくて、こうするしか思いつきませんでした」

私が素直に謝罪すると、社長は不愉快そうにフンと鼻を鳴らした。

「こそこそ私の情報を嗅ぎ回る姿勢も気にくわん。まぁ、どうやら、我が社にも外へ情報をリークしている不届き者がいるようだがな。のう、花村（はなむら）？」

社長が視線を斜めうしろの秘書へと向けた。花村と呼ばれたその女性は、気まずそうに口もとを押さえる。そうか、この女性が、例の秘書課の。流星の情報源か。

「まずは、重ね重ね非礼をお詫び致します。大変申し訳ありませんでした」

私は再び頭を下げた。ここからが本番だ。

「御社の信頼を失う行為、誠に反省しております。ですが、どうかひとつだけ言い訳をさせてください。今回の騒動は、企画を素晴らしいものにしたいという一心から、私が独断で行ったことです。決して御社の期待を裏切るような――」

「その口上はうんざりするほど聞いた。あっさりと信じたわけではないが、契約は継続すると約束したはずだ」

「ですが、星宝Ｌｉｌｉａとのコラボレーション企画の件は、なくなってしまいました」

私は顔を上げ、社長を真正面から見据える。

「どうか、コラボレーション企画をやらせていただけないでしょうか」

「なにを言うかと思えば！」

怒りと嘲笑（ちょうしょう）を含んだ喝が、周囲の空気をびりびりと震わせる。

「くだらない！　そんなことを言うために私を呼び出したのか！」

社長が私へ背を向け、立ち去ろうとする。

「待ってください！」

私は声を張り上げた。

「ただ闇雲に企画を推しているわけではないのです！　このコラボレーションは、御社にとってこれ以上にない宣伝効果をもたらしてくれると確信しております。いえ、宣伝だけにとどまりません。ジュエルコスメは進化を遂げるでしょう。今まで超えることのできなかった壁を、限界を、打ち砕く方法があるのです」

背を向けていた社長が、わずかにこちらへ振り向く。

今だとばかりにたたみかけた。

「世間一般が抱いているジュエルコスメへのイメージが一新します。まだ成し遂げられていない社長の野望――必ず果たせるとお約束致します」

社長の体が、ゆっくりとこちらを向いた。

「ずいぶんな自信だな。そこまで宣言したからには、生半可なアイデアでは許さんぞ」

よし！　と私は心の中でガッツポーズを作る。社長が、私の話に耳を傾ける気になった。一縷（いちる）のチャンスをくれたのだ。

私は瞳を閉じ、心を落ち着けて、深呼吸をする。大丈夫、できるはずだ。必ず社長を説得してみせる。

「以前、雑誌のインタビューを拝見したことがあります。新藤社長はこうおっしゃっていました。『ジュエルコスメの化粧品は、顔を彩るだけではない。持ち主の人生そのものを彩るのだ』と。だからこそ、商品の品質だけではない、パッケージにもこだわって、使う者の心をわくわくさせるような商品を開発している」

ジュエルコスメの商品のパッケージは、他社と比べても圧倒的に華やかだ。

たとえば、パウダーファンデーションのコンパクト。表面には光を受けて幾色にも輝くビーズが施され、キラキラと眩しいそれは社名の通り高価な宝石を思わせる。

「狙い通り、その華やかな見た目が二十代、三十代の心を掴み、ジュエルコスメの名は若い世代の間で広く浸透しました。知らないものはいない、というくらいに。若者の毎朝のメイクに、日常生活に、欠かせない存在としての地位を確立しました」

「口上はいい。さっさと本題を言わんかね」

待ちきれなくなった社長が、結論を急かす。

「ですが、浸透したのは日常生活のみ。あくまで、普段使いの域を超えるものではありません」

失礼を承知で、はっきりと宣言する。社長の眉間に皺が寄るのが見えた。

「対して星宝Ｌｉｌｉａのジュエリーはどうでしょうか。二十代、三十代に名前が浸透しているという点では同じですが、商品が求められるシーンはまったく異なります。

星宝Ｌｉｌｉａのジュエリーを身に着けるのは、普段使いではなく、特別な日だけ。婚約指輪、結婚式の装飾品、記念日の贈り物など、人生の分岐点を司る、一生ものの商品です。そして御社の化粧品に足りないものは、まさにこの部分なのです」

私は声を一際大きくした。気分を害されても仕方がない。どのみち、これ以上失うものはないのだから、恐れるものなどなにもない。

「『持ち主の人生を彩りたい』と謳（うた）っておきながら、特別な日には使ってもらえない、これでは悲しすぎます」

雨が体を濡らし続けている。もうすでに服はびしょびしょで体は冷え切っている。

だが、私の心はこれまでにないくらい熱く、炎のように燃え盛っている。

「星宝Ｌｉｌｉａのジュエリーとワンセットで印象づけることによって、特別な記念日のアイテムという認知を浸透させるのです。普段使いの枠を超えて、持ち主の人生の分岐点に寄り添える商品として、イメージ戦略を行う――それにより、パッケージや価格帯を変えなくとも、高級感や特別感を演出することが可能です。社長は以前、このコラボ企画の話を聞いたときにおっしゃっていたそうですね――『我が社を星宝Ｌｉｌｉａへ売るのか』と。逆です。星宝Ｌｉｌｉａの恩恵を享受するのは、あなた方ジュエルコスメの方です」

社長が眉間の皺を一際大きくして、険しい顔で目をつむる。なにを考えているのだろうか、賛同？　不満？　憤り？　その表情からはまだ読み取れない。

「……私事ではありますが、私にとっても今回の二十周年アニバーサリー企画は特別なのです。自分で初めて指揮をとる、大切な企画だったので。どうしたらほかのＣＭに埋もれないか、すべての人の心に深く印象づけられるか、ずっと考え続けてきました。この〝作品〟を、ほかにはない唯一無二のものにしたい、その一心で――」

「それで」

ここまできたところで、やっと社長が口を開いた。その表情は冷静そのものだった。

「この企画に乗れば、我々の広告は唯一無二のものになるのかね」

私は社長へ真っ直ぐに向き合い、揺らがぬ口調で宣言する。

「……お約束します。誰もが目を奪われるＣＭにしてみせます。頭に焼きついて離れない作品を創り上げてみせます」

これは、自身への戒めでもある。

今さらできないなんて音を上げることは許されない。もう、どんな苦境に立たされても逃げることなどしない。この企画のために、ジュエルコスメのために、自分のために、すべてを捧げるという決意。

社長が、ふと視線を伏せた。数秒間、まるで深くなにかを熟考するかのように目を閉じる。

やがて目を開いた社長が、視線を私の背後へと向けた。

「——それで。そこでこそこそしている君はどう考えているんだね」

私が驚いて振り返ると、建物と植込みの陰から、ひとりの長身の男性が姿を見せた。

「流星！」

いったいいつの間にそこにいたのか。体も髪もびしょびしょに濡れているところを見ると、ずいぶんと長い間そこに隠れていたようだ。私のことを、人知れず、陰から見守っていてくれたのだろうか。

流星は私の隣までやって来ると、新藤社長に向かって深々と頭を下げた。

「こんな形になってしまい、申し訳ありませんでした、社長」

「現在の現場責任者は君だろう。君はどう思うんだ。彼女の言っていることは正しいのか」

上辺だけの返答は許さない、そんな鋭い視線が流星へと注がれる。

彼は、なんと答える？　私はその横顔を見上げて息を潜める。

そもそも彼は、コラボレーション企画について反対だったのだ。正しいのかと問われれば、NOと答える可能性だって十分にある。

しかし、彼はゆっくりと首を縦に振った。

「間違いありません。彼女の企画は、御社に最大限の成果をもたらしてくれます。私が保証致しましょう」

揺るぎない瞳で言い放った彼に、私の方が驚いてしまった。

あれだけ反対していたのに。どうして? 私のために話を合わせてくれているのだろうか?

――だが、彼の瞳は真っ直ぐで、実直意外の何物にも見えない。そこに嘘偽りがあるとは思えない。

「君はそれでいいのかね? 彼女の企画が通るようなことがあれば、今度は君が今の地位を奪われるぞ。それでも君は彼女に賛同するというのか。自分の指揮で作る広告よりも、彼女の作る広告の方が上質だと、認めるのかね」

意地悪な質問だ。流星を試しているのだろうか。

「ええ」

普通の人なら保身のために、ちょっと待ったと言い淀むはずだ。けれど、流星は躊躇いもなくうなずいた。

「彼女は我が社で誰よりも御社のためを考え、身をつくして働いてきました。この企画の指揮、誰よりも彼女が相応しい」

「自分よりも、というのか？」

「でなければ、新藤社長のもとへ彼女を謝罪になど行かせたりしません」

常にはっきりとした彼の口調が、いつにもまして自信に満ちあふれている。揺るぎない意志で断言する。

「無難な成功を選ぶか、変化を望むか。あなた次第です、新藤社長。はっきりとひとつ言えることは、彼女を手放せば、変革の機会を失うでしょう」

相手の立場を顧みない、強気な発言だった。

雨が次第に強くなり、雫が頬をすべり落ちるも気にすることなく、流星は一心に社長を見つめていた。

まるで、目を逸らした方が負けだとでもいうように。

その瞳は〝氷川〟が宿っているかのように、鋭く厳しい。

あるいは、今やっと〝流星〟と〝氷川〟という人格がひとつに結びついたのかもしれない。

なんだか夢を見ているみたいだ。彼が、氷川さんが、私のことをかばうなんて。背中を押してくれるなんて。

　ひとつの目標に向かって、ともに戦うことができるなんて。

　生意気な態度を取る若造が気に食わなかったのだろう、新藤社長は短く唸り、不愉快そうな顔をした。

「貴様らの芝居がかった口上にはうんざりだ」

　どすの利いた声に、場の空気がびりびりと震えた。まるで、首もとにナイフを突きつけられたみたいに、私たちの体はいっそう緊張で引き締まる。

　説得は、社長の心を震わせることができなかったのだろうか。私と流星の心に、じんわりと絶望が広がり始めた、そのとき。

「次の打ち合わせまでに、私が納得のいくものを用意してこい」

　低い声で、新藤社長が私たちへ告げた。

　返答も待たずに、くるりと踵を返し、もと来た車の方へと歩き出す。隣にいた秘書が、社長の体を傘からはみ出させぬよう、慌ててあとを追う。

　目を見張る私と流星。

　新藤社長は、これ以上私たちの方を振り返ることはしなかった。静かに車の後部座席へと乗り込み、それきりだった。僅かなエンジン音を響かせて新藤社長を乗せた車が走り去っていく。

　これは――

　――許してもらえたのだろうか。

　私がぽかんと流星を見上げると、彼も同様に拍子抜けしたような顔でこちらの視線に答えた。

「流星……」

「……光子」

　どこか安心したように、私の名を呼ぶ流星。

　ふと視線を私の顔から下へ移動した彼は、なにかとんでもないものを見つけてしまったようだった。一瞬目を見開いて言葉を失った後、くつくつと喉の奥から含み笑いを漏らした。

「どうして、こりないんだろうね」

「……え?」

「〝情熱の赤〟。そんなに俺に、下着を見てもらいたいの?」

「は?」

　私が慌てて自分の胸もとを覗くと、まるであのときのように、濡れたシャツの下から真っ赤なブラが透けて見えていた。

「あっ！」

慌てて羽織っていた白衣の前を握りしめ、胸もとを隠す。

「今さら隠したって、遅いって」

流星が困ったような顔で微笑んだ。そんな彼も全身ぐしょぐしょで、私に負けず劣らずみっともない恰好をしている。

「……社長に見えてたかな」

「だろうね。……だから許してもらえたんじゃない？」

「そんなオチって……！」

げんなりとうつむく私を見て、流星は楽しそうに笑う。

笑い声が収まったかと思うと、今度は頬に手が伸びてきて、驚いて見上げた彼はいつになくやわらかい表情で微笑んでいた。

「お疲れ様。長い間、よくがんばったね」

とびきり温かな微笑み。甘くとろけそうな瞳に、ふわふわのメレンゲのような言葉が私の全身を包み込んで、思わず呼吸を忘れそうになる。

気がつくと、目を伏せていた。彼の顔が見られない。見つめていられない。

下を向いていても、そこに彼のあのやわらかな瞳があるということを考えるだけで、せわしなく鼓動が鳴り響いた。

頬に触れている彼の手のひらが、私の体を緊張させる。けれど、それは昔のような、不安感や恐怖心じゃない。

うれしくて。恥ずかしくて。

心の中を満たしているのは、とても温かな、幸せな感情。

「私だけじゃ、がんばれなかった」

目を閉じて、彼の存在を噛みしめながら口を開く。

「全部、流星のおかげ」

すべてを投げ出したくなったあのとき。

流星がいてくれなかったら、叱ってくれなかったら、立ち直ることはできなかっただろう。歩けなくなってしまった私を、無理やりここまで連れてきてくれたから、たどり着くことができたのだ。

ありがとう、ありがとう、とたくさん叫び出したい気分。

でもきっとそれだけじゃ伝わりきれないだろう。

私が今、流星へ抱いているこの感情は、仕事仲間に対しての、単純なありがとうだけではなくて……。

「俺は背中を押しただけだ。光子だから成功した。光子じゃなかったら、社長の意志を変えることはできなかった」

「そういうことを言っているんじゃないんです」

私が伝えたい『ありがとう』は……もっとこう——。

言葉を選んでいる間に、彼の腕が私の背中へと回り、私の唇は彼の胸の中に押し込められ、なにも言えなくなった。

「ほら、このままじゃ風邪引くよ。早く帰ろう」

「うん……」

こんなにも誰かの腕の中にいることがうれしいと感じたのは初めてだった。

もう恐怖なんて微塵も感じない。私の心にトラウマを残した学生時代の忌々しい記憶は、流星がすべて消し去ってくれた。

ずっとこのままでいたくなる。離してほしくないと感じている。このまま体と体がぴったりとくっついて、離れなくなってしまえばいいのにとさえ思う。

「こんな恰好の光子をひとりで帰すわけにはいかないから——」

流星が、うつむく私を覗き込み、心の中を探りにくる。

「もう少し一緒にいたい」

私の濡れた髪に指をすべらせながら、そっと耳もとでささやいた。

「今夜は、俺の傍にいてくれる?」

ちらりと上目遣いで見上げた先にあった口もとは妖艶で、まるでその先のなにかを匂わすような、怪しげで魅惑的なものだった。

ドキドキとしながら小さくこくりとうなずくと、彼も少しはにかむように笑った。

伝わらない気持ちの伝え方

　拾ったタクシーで流星の家へ向かうと、着いたそうそう、バスルームに押し込められた。前回と同じだ。冷え切った私を早く温めてやらなければという、彼の配慮。

　相変わらずサイズが大きすぎる彼の服に着替えリビングへ行くと、首からタオルを下げた私服の彼が温かい紅茶とともに出迎えてくれた。

「流星も早くシャワー浴びてきた方が……」

「俺は後でいいよ」

　流星は湯気の立つマグカップをふたつ、ソファの前のローテーブルへ置いた。

　平然とした様子の彼だけど、長いこと雨に打たれていたのだ、冷え切っているに違いない。髪だってまだ濡れていてどことなく寒そうだ。

「風邪引いちゃうから、ちゃんと温まってきて！」

　私がソファに腰掛けながら叱ると、ふっと笑った彼は、私の右隣に腰を下ろした。

　腕と足を組んで悠然と座った後、体をきゅっと私の方へ寄せて、ふたりの距離をなしにする。

「俺は、せっかくなら違う方法で温めてほしいかな」

私の耳もとに顔を寄せて、流星が甘ったるくささやいた。

違う方法？　なにそれ、どういう意味？

黙ったまま見つめ返すと、流星はプッと吹き出して、困ったような顔をした。

「あんまりからかったら、また前みたいに泣いちゃうかな？」

「……からかってるの？」

「本気と受け取ってもらっても、かまわないけど」

不意に流星は私の肩を抱き、自らの懐へと招き寄せた。

あまりに自然な仕草に、私の警戒心はゼロ。見上げた先にあった彼の悪戯っぽい表情で我に返り、遊ばれていることに気がついた。

「また、私のことを困らせようと――」

「光子を困らせるのはおもしろいけれど、今はちょっと違うかな」

流星の指が、ゆったりとした優しい仕草で私の髪をすく。

強引に押し倒された前回と違って、ずいぶんと大切にされているような気がした。

まるで壊れ物を扱うときみたいに。

「単純に、口説きたいだけなんだけれど」

流星の言葉にドキリとして、思わず手のひらをぎゅっと握る。

彼の綺麗すぎる瞳はなんだか嘘っぽくて、素直に信じていいのか不安になる。またなにか企んでいるんじゃないだろうかと疑ってしまう。

「どうして……私なんか?」

私が向ける疑惑の眼差しに、ふと悩む流星。が、答えはすぐに出たようだ。

「どうしてって……そうだな……」

「光子は俺の憧れだから……かな」

「は?」

思わず声を裏返らせた私に、流星は「本当だよ」と笑う。

いやいや、嘘でしょう。流星に憧れられることなんてした覚えないし。

困惑で瞳をゆらゆらさせている私を見て、流星は笑って釈明した。

「光子は太陽みたいに輝いていて、いつも笑顔を絶やさなくて、自由奔放で……。俺の尊敬する人にちょっと似ている。俺がなりたくて、なれなかった、憧れの姿を、地で体現しているんだから、もはや悔しいよ」

尊敬する人――それはかつて流星の上司だった村正さんのことだろうか。

「どんな人だったの?」

　私の問いかけに流星は遠くに視線を投げながら、懐かしい顔をする。

「光子みたいに、楽しそうに働く人だった。たまに無茶苦茶でぶっ飛んだことをするけれど、それにはすべて意味があった。誰よりも頭がきれる人だったよ。それから、悪戯っ子みたいなところもあって、憎めなくて、みんなから愛される人だった」

　まるで初恋の人を思い出すかのように愛おしげに語る。

「俺もああなりたかった。けれど、できなかった。だから光子に嫉妬した。悔しくて、うらやましくて、憎らしかった」

　流星が私の髪をぎゅっと握る。少し乱暴な仕草に、鼓動がドクリと跳ねる。

「でも、愛おしくもあった。眩しくて輝いていて、俺なんかじゃ手の届かない光子を、独占したいって、ずっと思ってた」

　乱暴さを帳消しにするように、そっと私の髪をなでる。

　私の肩にこつんとおでこを置いて、まるで許しを請うかのように喉の奥で喘ぐ。

「それに光子は純真すぎる人だから。周りのしがらみとか、陰謀とか、なにも気にせずに突っ走るから、すごく心配だった。今回の件——ジュエルコスメの社長に情報が漏れたのは、たまたま運が悪かっただけだと思ってる？」

「違うの？」

「俺は、違うと思ってる」

不意に難しい顔になって、流星が私を見た。

「最近、すごく目立っていたから、やつらがつぶしにかかってくるのも不思議じゃない。だから矢面に立たせたくなかったのに」

やつらとは、かつて青山さんの言っていた穏健派と呼ばれる人たちのことだろうか。流星の尊敬する師を謀略により葬ったという、名前とは裏腹にまったく穏やかではない人たち。

「強いように見えて、脆くて儚いから。光子がいつでも、俺の太陽であってくれるように、守ってやりたかった」

まるで物語に出てくる騎士様のような情熱的な言葉で、私の心を震わせる。瞳に宿るのは揺るぎない意志。自分の胸が、頬が、じんわりと熱を帯びていくのを感じた。

「仕事中、厳しくあたっていたのは、成長させるためだけじゃない。俺が先に出世すれば、上に立って守ってやれると思ったから。そうすれば、光子は細かいことを気にせずに、好きなだけ自由に仕事ができる」

全部私のため？　嫌味な態度も、厳しい言葉も、恨みのこもった言い草も。

私が彼の憎まれ口を額面通りに受け取っていらいらしていた横で、彼は私を守ろうと必死になっていたというのか。

「でも、守りたいだなんて、俺はおこがましかったのかもしれない。結局俺なんかいなくても、ひとりですべて解決してしまった」

流星が私から体を離し、瞳を切なくした。

まるで決して手の届くことのない遠く離れた星を眺めるかのように。

「違うよ、言ったでしょう？　流星のおかげだって」

離れてしまった距離を埋めようと、私は彼の服の袖口を掴んだ。

自分からそばに行くことなんてとてもできないから、せめてこっちへ来てほしいという、精いっぱいのアピールだった。

「流星がいてくれたから、がんばれたの」

「俺はアドバイスをしたに過ぎないよ」

「……それだけじゃなくて……」

もどかしい。私はこれ以上の表現の仕方を知らない。

男性に触れるのが怖くて自分から距離を置いて生きてきた私には、なんと言ったら伝わるのか、どんな態度で示せばいいのか、分からない。

すでに私の中の彼は、仕事の関係に収まる存在じゃないというのに。

いつだって彼が頭の片隅にいて、ときには私を翻弄し、ときには力を与えてくれる。気がついたら、彼のことばかり考えている自分がいた。

彼が別の女性と一緒にいることを考えると、落ち着かなくなってしまう。彼の心のベクトルが、誰に向かっているのか気になって仕方がない。

触れられると動けなくなってしまうのは、もう怖いからではない。うれしいからだ。それがただの同僚に対する感情ではないことを、自分でもちゃんと分かっている。

伸ばした手に力を込めると、不意に彼の手の甲に触れてしまって、その感触とあまりの冷たさに私はびくりと体を震わせた。

「冷たい」

「……いい加減寒くなってきたかな」

驚いて手を引っ込めると、流星は鼻をぐすっと鳴らして首に巻いていたタオルを解いた。

雨水を含んだタオルが重たそうに彼の腕から垂れた。きっと冷たいのを我慢していたに違いない。

「風邪を引いても恰好悪いし、おとなしくシャワーを浴びてくるよ」

そう言ってソファから立ち上がると、やわらかい笑みを残して、バスルームへ行ってしまった。

流星を失ったリビング。

辺りには、ところどころに彼の存在していた痕跡が残されている。

机の上に置き去りにされているチラシと公共料金の領収書——たぶんポストから取ってきてそのままなのだろう。それから、ソファの上に転がったリモコン。ここからテレビを眺めていたんだろう。

流星のすべてが、なぜだかとっても愛おしく感じられる。

彼の手がかりを探してきょろきょろと辺りを見回すと、ふと寝室の電気がつけっぱなしになっていることに気づいた。彼が私服に着替えたときにこの部屋を使ったのだろう。

電気を消そうと近づくと、パソコンデスクの上に置いてあった小さなウサギの置物を見つけて、目を奪われる。

TLPの射的で私が取った景品だ。私がクマのぬいぐるみを、彼がウサギの置物を、それぞれ持ち帰ったのだが——

ちゃんと飾ってくれているんだ……。

ついこの前のことなのだけれど、なんだか懐かしく感じられて、思わず私は寝室に入り、デスクの上のウサギを手に取った。

彼が持つにはかわいらしすぎるものだ。〝流星〟ならまだしも〝氷川さん〟じゃ似合わなすぎ。

ウサギをもとの位置に戻すと、その手前、乱雑に置いてあった資料の束から、見覚えのある一枚が飛び出していることに気がついた。

私が以前作成した、星宝Ｌｉｌｉａとのコラボレーション企画の資料だった。

どうしてここに……？

企画自体がお蔵入りになってしまったから、社内サーバーに資料を置いたまま、すっかり忘れていた。こんなものを今さら引っ張り出してきて、いったいなにをしていたというのだろう。

そのほかの書類も星宝Ｌｉｌｉａの調査資料のようだけれど、私が作ったものではなかった。

書類に赤ペンで校閲の跡が残っていて、その字はあきらかに流星が書いたものだ。

こんなこと、なんのために……？

私が資料を手に取って眺めていると。

「また、人のものを勝手に覗き見して」

背後からかけられた声に、思わず資料を床に落としてしまった。

振り返ると、シャワーから上がった流星が、タオルで濡れた髪をなでながらこちらに歩いてくるところだった。

「ごめん、つい……。でもこの資料って」

「ああ、それは……俺の最終手段」

床にばら撒いてしまった資料を拾いながら、やれやれとため息をつく流星。

「光子が謝罪に失敗したら、俺が企画の重要性を社長に説明して、なんとか実現させようかと——。いろいろ動いてはいたんだけれど、まぁ無駄になってくれてよかった」

「……そこまで考えてくれてたんだ」

胸がいっぱいっていうのは、こういうことを言うのかもしれないと、この歳になって今さらながらに思った。

最初はさんざん言っていたくせに、結局は親身に考えてくれている。

うれしいと同時に、どうしてここまでしてくれるのか、不思議なくらいだった。

「ねぇ。どうしてこんなに親切にしてくれるの？　あなたにメリットなんてなにもないのに」

資料を集め終えた私が彼を見上げると、彼は肩を竦めておどけたような顔をした。

「親切かどうかなんて、分からないでしょ。もしかしたら、恩を売って法外な謝礼を要求するかもしれないよ？」

意地悪く笑う彼に、私はまさかと思いながらも、ちょっとドキリとする。

「法外な謝礼って……いくらくらい？」

「お金とは限らないんじゃない？」

彼が目の前に来て、指先で私の顎をすくった。

「体で払えって言うかもしれないよ？　なにしろ、情報を得るために敵の女性を口説き落とす男だからね、俺は」

突然縮まった顔と顔との距離に息を詰まらせながらも、私は恐る恐るずっと気になっていたことを聞いてみた。

「あの、秘書課の女性とは……結局どうなったの？」

「どうって？」

「……その……食べられちゃうかも、とか、言っていたから」

流星の口もとが意地悪さを増す。返答に困る私で遊んでいるようだ。

「寝たか、って聞いてる？」

真っ赤になる私を嘲笑うかのように、彼は瞳を細くした。私から手を離し、ベッドに腰掛けて足を組む。

「寝たよ」

サッと全身から血の気が引くのを感じた。

そんな私の様子をしばらく眺めていた彼が、ゆっくりと口を開いた。

「……冗談。なにもしてないよ。驚いた？」

今まで何度も、彼に対して、苛立ちを感じてきたけれど。こんなにも殴ってやりたいと思ったことは、初めてだ。

「最っ低。その冗談笑えない。全然おもしろくない」

「……あれ。怒っちゃった」

本気で眉を吊り上げている私を、流星はおっかなびっくり覗き込む。

「俺だって、そこまでひどいやつじゃないよ？」

「全然説得力ない。あなたってすぐ女性に手を出すし。私にだっていろいろしたの、忘れてるんでしょ」

流星にとっては、ただのスキンシップの一環なのかもしれない。あるいは、私をおもちゃにして遊んでいるだけなのかも。

けれど、私は彼に触れられたひとつひとつを覚えている。

襲われそうになったこと、抱きしめられたこと、手を繋いだこと、頭をなでられたこと、頬に触れられたこと。

それから、口づけをしたことだって、あったのに。

私にとっては大事（おおごと）なのに、彼の中では何もなかったかのようになっていることが、すごく悔しい。

「忘れてないよ」

彼が私の手を引いて、自分の座るベッドの横へと座らせた。

「誰にでもそんなことしないよ」

「じゃあ青山さんとは⁉」

頭に血が昇った私は、ついつい彼を責め立ててしまった。青山さんとのことは、今、掘り返すことじゃないのに。口に出してから後悔した。

「……その、付き合ってたんでしょう……？」

「……まぁ」

流星は気まずい顔で、言いにくそうに、けれど素直に答えた。

「そうだよ。なにもなかったとは言わない」

聞いたことを本気で後悔した。あたり前じゃないか、恋人同士だったんだから、なにもないはずがないのに。こんなことたしかめて、どうするんだ。

「……この前ＴＬＰで、青山さんと……その……そういうこと……」

「……え？」

しどろもどろに問いかける私に流星は眉をひそめる。

「……付き合ってたのは、ずっと昔のことだ」

「でも、青山さんは、まだ流星のこと、好きだよ」

「……知ってる」

彼の答えに、思わず表情が強張る。もしかして、青山さんから直接言われたのだろうか。『今でも好きです』と。

流星は、なんと答えたのだろう。青山さんのこと、どう思ってるの？

口には出せなかったけれど、気がついたらじっと彼を見つめていた。『違うと言って』――きっとそんな目をしていたと思う。

珍しく真面目な顔で、誠実な瞳で、流星は断言した。

「俺にとってはもう過去のことだから。今はなにもない」

「でも、腕組んで歩いてたし、仕事帰り、楽しそうに一緒に帰ったりして」

私の悪い癖だ。素直に信じることができないで、疑ってしまうのは。

「……見てたの？」

流星は少しだけ驚いて目を見開いた後、困ったように眉尻を下げて笑った。

「もしかして、嫉妬してくれてる？」

「そんなんじゃないよ……」

「……馬鹿だな」

流星が私の頬にかかった髪をかき上げて、耳にかける。唇を噛みしめて睨むと、彼は慈しむような瞳でふふっと笑った。

「光子のことを、今までどれだけ見てきたと思ってる？　強がってるときの顔は、すぐ分かる」

「強がってなんか」

「それ、その顔」

私の膨れた頬に、ぷにっと指を突き立てて、流星はうれしそうに目を細める。

「そんなかわいい顔、一度見たら、忘れるわけがない」

「……またからかう」

「からかってないって」

思わず顔を背けて背中を向けると、うしろから手が伸びてきて、私の体を優しく包み込んだ。

　彼の体温を感じて、私は言葉を失う。どうしようもなく鼓動が高鳴って、そして——うれしかった。

　流星が私の左耳にささやきかける。

「泣かせてしまったあのときも、今も、俺の気持ちは変わらない。光子のすべてを独占したい。心も、体も」

　流星が私を抱きしめる腕に力を込める。掠れるような声を出して、私の頬に口づける。

「愛しすぎて、耐えられないんだ。光子との距離をゼロにしたい」

　出てこない言葉の代わりに、瞳から一筋の涙があふれた。すぐに気がついた流星が、悲し気につぶやく。

「……また、泣かせたみたいだ」

「違うの、これはっ……」

　あのときみたいに、怯えてるんじゃない。嫌がっているわけじゃない。

　今の私が感じているのは——。

「……うれしいの」

戸惑いながら、弱々しく答える。

「……流星が好き」

私の、人生初めての告白だった。

流星はちょっと驚いた顔をして、やがて安堵したかのように、ふんわりと笑った。

胸いっぱいに広がった幸せが、とうとうあふれてこぼれ落ちてしまった、そんな笑顔だった。

「強がりなところも、本当は臆病なところも、それから、真っ直ぐで一生懸命なところも。光子の全部が好きだ。愛してる」

流星が私の唇を塞ぐ。

そのまま、私たちはベッドへと倒れ込んだ。

流星の腕は相変わらず力強くて、私はうまく身動きが取れなかったけれど、怖いという感情はまったくなくて、ただ触れ合うことがうれしかった。

服のボタンをひとつはずされるごとに、鼓動がどんどん速くなる。

真似をしようとして、彼の服のボタンに手を掛けるけれど、震える指先じゃ全然うまくはずせない。

やがて彼が、私の指をきゅっと包んで、微笑んだ。

「怖いなら、無理しなくていいよ？」

「怖くなんか、ない……」

私は頬を真っ赤にして、素直に告白する。

「……緊張して、うまく指先が動かないの」

「焦る必要なんかないよ。俺はこうしていられる時間が長ければ長い分だけ、幸せなんだから」

「私……」

私の指先が彼の口もとに持っていかれ、ちゅっと小さく音が鳴る。

余計に鼓動が速くなって、頭が真っ白になった。

「こういうとき、どうしたらいいか……」

気が動転して、訳が分からない。

「俺を喜ばせようとか、考えないで。そのままでいいから」

流星が私の前髪をかき分けて、額にそっとキスをした。

「そんなかわいい顔して……止まらなくなるだろ？」

流星がそう言って、私の唇をぺろりと舐めた。妖艶にちらつく彼の舌が私の口もとで遊んでいる。

かと思えば、今度は目眩がするほど耽美な口づけ。深く、強く、唇を包み込んだ。

「っ……」

息を止めた私に、流星がふっと微笑む。

「押し殺したりしないで。ありのままの光子を見せて」

流星の体が、私の上に覆いかぶさる。私がつぶれないように力を込めてくれているのが分かる。

彼の唇が、私の首筋から下へたどり、反対に指先が、お腹から上に這っていった。

「……んっ……」

今まで感じたことのない、思考をかき乱されるような刺激に悲鳴が漏れる。

二度目。三度目。びりびりと全身を駆け巡る衝動。理性が少しずつひび割れて、ほかのものがなにも頭に入らなくなる。

恥ずかしさになにもできなかった体が、内から込み上げる熱に耐えきれなくなり、彼を求め始める。

「……りゅう、せ……」

名前で、体で、彼を探す。目を閉じて、感覚だけで、彼の存在をたしかめる。

そんな手探りの私を、流星は受け止めてくれた。ひょっとしたら、彼自身も不安だったのかもしれない。私が反応を示すたびにうれしそうにする彼は、仕草ひとつひとつから私の気持ちをたしかめているようにも見えた。

だから、今度は私から腕を伸ばして、ぎゅっと彼の体を引き寄せる。

『距離をゼロにしたい』そう彼が望んだ通りに、私と彼との体を隙間なく、ゼロにする。

「重くない？　大丈夫？」

「うん。平気」

大好きな人を独占している。そして自分が独占されている。そんな充足感、生まれて初めて味わった。

彼は何度も私を気遣ってくれた。「大丈夫？」「痛くない？」と、呼吸が荒くて息が続かないときも、綺麗な瞳と優しい笑みで、私を大切にしてくれた。

私がこういうのに慣れていないってこと、きっとバレバレだ。だから、せめて、一生懸命、求めてくれる彼に応えたいと思った。

けれど、次第に私の方がもっと、もっと、と彼をほしくなっていって……。

「……っ」

声にならない悲鳴を漏らしてわずかに跳ね上がった私の背中を、流星はしっかりと受け止めてくれた。

激しく確かめ合った後、彼も大きく息を吐いて、私の横に倒れ込んだ。肩で荒く息をしながら、ちょっと汗ばんだ体で、私を安心させようと笑ってみせる。

どうしようもなく愛おしく感じられて、私は彼の腕にぎゅっと抱きついた。

全身が痺れるように重く、心地のよい倦怠感に襲われる。

あれほど怖かった男性を、愛おしく求める日がくるなんて。流星が愛してくれたという事実が、こんなにも幸せに感じられるなんて――とても信じられなくて、まるで奇跡が起こったみたいだった。

激しく打ち鳴らしていた鼓動が、安堵からか、急にスローペースになって、気を失うみたいに睡魔が訪れた。ふんわりと意識が途切れていく。

どうかこれが夢でないように、目が覚めてもまだ流星が隣にいてくれるように。祈るような気持ちで瞳を閉じた。


ほんの少しだけ、眠っていたみたいだ。目が覚めたときには、流星もすっかり呼吸を落ち着かせていて、眠る私をのんびりと眺めていた。

「おはよう……って言っても、十分しか経ってないけれど」

「ごめんなさい……私、寝て……」

「おかげで、かわいい寝顔を眺めることができた」

まるで子犬でも愛でるかのように、私の頭をくしゃくしゃとなでる。

甘えてもいいよと言われた気がして、私は彼の足に自分の足を絡めた。彼はすぐに気がついて、全身丸ごとぎゅっと包み込んでくれる。触れ合う素肌が温かくって、気持ちいい。なんて贅沢な時間なんだろう。このままずっと続けばいいのに。

きっと流星も同じことを考えていたのだろう。

「このまま、明日の仕事、バックレちゃおっか」

いけない誘惑を口にする。頭の片隅で『はい』と言っている悪魔のささやきを抑え込み、私は口を尖らせた。

「なに言ってるの。ダメだよ」

「言うと思った」

流星があきれたみたいにふっと笑う。

「だってさ。このまま一日中、ずっとこうしていられたら、幸せだって思わない？」

流星がとろけそうな瞳で私を見つめてくる。

「光子の体にずっと触れていたいし、その綺麗な曲線をずっと見ていたい」

流星の視線が、私の胸もとに及んでいることに気がついて、私は慌てて前を隠した。

「そんなにじっと見ないで……恥ずかしい……」

「もっとよく見せて」

流星は名残惜しそうに、体を隠す私の腕を解こうとするけれど。

「ダメ……もうおしまい……」

恥ずかしさに縮こまったら、仕方なく私の肩をなでた。

「そうやって焦らして、俺をもてあそぶつもり？」

「もてあそんでるのは、流星の方でしょ？」

そうだ。いつだって流星は私の心をかき乱す。今だってほら、切ない瞳で私を見つめて。不意にそんな顔をされては、調子を狂わされてしまう。

流星が私の胸もとに顔を埋めて、消え入りそうな声を上げた。

「どう考えても夢中なのは俺の方だ。俺がどれだけ愛してるか、知らないだろ？」

そう言うと、愛情をしらしめるかのように私の胸もとへ強く唇を押しつけた。

思わずもがく私。少し情けない顔になった流星の、なにかを求めるような眼差し。

私は彼の頬にそっと手を伸ばし、触れた。

「私だって、流星のこと、愛してる」

流星の瞳が少しだけ大きくなった。

「どうして驚くの？」

「……光子はいつだって、俺がいなくても平気みたいな顔してたから。なんだかうれしくて」

頬を綻ばせる流星に、胸がきゅっと締めつけられた。

「平気なわけ、ないじゃない。ずっと不安だったんだから」

どれだけ私の心を振り回してきたのか、全然わかってないみたいだ。

「もう不安にさせないで。ずっと、私のことだけを見てて……お願い」

なんだか少し泣きそうになってしまって、涙をためた瞳で言ったら、なぜだか彼は安心したような表情になった。

「ずっと光子だけを見ているよ。今も……これからも」

流星が私をそっと自分の胸に招き入れる。

たしかに、このまま、彼の腕の中にいられるなら。ずっと温もりに包まれていられたなら。

今日は真面目な振りをしたけれど、いつか悪魔の誘惑に負けてしまうかもしれない。

大嫌いな私と彼の終着点

　あれから一か月が経った。

　とてもよく晴れた月曜日の朝。

　いつも通り出社した私を待っていたのは、相変わらずの賑やかさ――というより、喧騒とも言える慌ただしさだった。

「朱石リーダー、ジュエルコスメから問い合わせが入っています。衣装イメージの合わせはいつできるのかと」

　デスクに到着した早々、青山さんが早足で駆け寄ってきた。きっと私の出社を待ちに待っていたのだろう。

「あと星宝Ｌｉｌｉａから、今回の企画で提供する宝飾品のサンプルが届いています。丁重に扱うようにとのことです。それから、営業の若部さんから、明日の打ち合わせに同席するよう依頼がきています。それと、明日の定例会のアジェンダを部長が早く欲しいと言っていました。それから――」

「了解、了解、了解、――ってまだあるの⁉」

一気に要件をまくし立てられて、私の頭の中はもうすでに満杯だ。

ジュエルコスメの二十周年アニバーサリー企画のチームリーダーに復帰して三週間が経とうとしている。

とうとうＣＭの制作が具体的に動き出して、私は目が回るほどの忙しさになっていた。

全体の指揮を統括しながら、具体的な指示を出し、メンバーのアクションに対しては承認を行わなければならない。

驚くほど私のもとに仕事が集中してきて、てんてこ舞いだけれど、同時にやりがいを感じている。この企画に携わることができて、本当によかった。そんなふうに思える。

私と青山さんが事務連絡を交わす一方、少し離れた場所では、流星と市ヶ谷くんがふたりで書類を眺めていた。

「流星さん、どうですか？」

「この表現が弱いかな。ここはハッタリでもいいから強気で押し切って。それから、ここ、具体的な数字がないと説得力が出ないよ」

「なるほど」

悠然とデスクに座ってダメ出しをする流星と、その横に、忠実なしもべのごとく膝をつき指示に従う市ヶ谷くん。

ふたりの様子を眺めながら、私と青山さんは顔を見合わせる。

「青山さん、最近あのふたり、いったいどうしちゃったの？」

「さあ。存じ上げません……」

なぜだか、ある日を境に市ヶ谷くんは流星のことを『流星さん』と下の名前で呼ぶようになった。そしてなんだか妙に懐いている。

ちょっと前まで、流星に対して敵意剥き出しだったはずの市ヶ谷くんが、なぜ……。

原因は、私にも、青山さんにもさっぱり分からない。

「これも確認お願いします」

市ヶ谷くんが次の書類を取り出して、流星へ渡す。

「指摘箇所を反映しました。それから、アドバイスに従って注釈を追加しました」

説明する市ヶ谷くんの指先を視線で追いかけながら、流星は「ふぅん……」と唸ってしばらく考えた後、うなずいた。

「……やればできるじゃないか」

市ヶ谷くんの瞳がキラキラと輝き出した。

「ありがとうございます！」

そう元気にお辞儀をすると、用事はすべて済んだようだ、市ヶ谷くんがこちらに戻ってきた。思わず私は彼を呼び止める。

「あの、市ヶ谷くん、ずっと気になってたんだけれど」

「あ、おはようございます、朱石先輩。どうかしましたか？」

いつも通りのはつらつとした表情で受け答えする市ヶ谷くん。とくに以前と変わった様子はない。

「たいしたことじゃないんだけど。流……氷川さんと、いつからあんなに仲良くなったの？」

「ああ、それは……」

はは、と照れくさそうに笑って市ヶ谷くんが頭を掻いた。

「俺、流星さんに気づかされたんです。一か月前、落ち込んでいた朱石さんが、日に日に元気を取り戻していく姿を見て、ああ、好きな人には優しくするだけじゃなくて、叱ることも必要なんだって」

かつて流星が私に対して投げかけた厳しい言葉のことを言っているのだろう。

たしかにあの後私は、自分を取り戻し、もう一度目標に向かって立ち上がることができた。あえて甘やかさないでくれた流星には、今でも感謝している。

「あのときの俺には、落ち込んでいる朱石先輩を叱るなんて、考えられませんでした。心のどこかで、嫌われたくないって思っていたんだと思います。でもそれを恐れずできるのが、人として――男としてのレベルの差なんだなって。悔しいけれど、流星さんには完敗って感じです」

「それで、懐（なつ）いちゃったの？」

「尊敬しています」

市ヶ谷くんが瞳キラキラビームで答える。

「男に懐かれる趣味はないんだけどね」

ちょっと遠いところから流星の面倒くさそうなツッコミが入った。

「あ、でも誤解しないでください！　朱石先輩をあきらめたわけじゃありませんから！」

突然拳に力を入れて、ガッツポーズを取る市ヶ谷くん。

「一段上の男になって、流星さんを超えて、必ず迎えに行きますから！　待っててください、朱石先輩！」

「は、はぁ……」

「待たなくていいからー。それから、俺を超えるとか十年早いからー」

再び横から、どことなく適当なツッコミが入る。

どう答えればいいか思い悩んでいると、不意に着ていたシャツを背中から引っ張られた。振り向いた先に立っていたのは青山さん。眉間に皺を寄せて、ちょっと怖い顔をして佇んでいる。

「……私も、まだあきらめたわけじゃありませんから」

「え、ええと……」

宣戦布告の眼力に圧倒されて、困惑していると。

「朱石くん、ちょっといいかね」

うしろから貫禄のある声が飛んできて、私は慌てて振り向いた。小野田部長だ。

窮地に通りがかった助け船とばかりに、私はホッと胸をなで下ろす。とりあえずこの場から逃げられれば、なんでもいい。

「はい、なんでしょう」

「すまないが、少し時間をもらえるか」

「分かりました」

私は小野田部長のあとに続いて、オフィスの端にある少人数向けの会議スペースへと向かった。

会議室には、小さな横長の机に、席が六つ。小野田部長が奥側の真ん中へ腰掛けたのを確認して、私はその正面に座った。

腰を落ち着けた小野田部長が、組んだ腕を机の上に置いて、ゆっくりと口を開く。

「次の人事の件だが、氷川くんにマネージャーになってもらうことにした」

小野田部長が威厳に満ちた声で審議の結果を告げた。

私と流星、どちらかを昇進させるという話だったが、当然の結果だ。

なにしろ、今回のプロジェクトで大きな失敗を犯してしまった私は、現状こそ立て直せたとはいえ、出世なんて論外だろう。

「……はい」

もはやあきらめはついていて、すっきりとした気持ちでうなずくことができた。

いつも冷静で正しい判断ができる流星。様々なプロジェクトを統括し、全体を導いていくマネージャーというポジションに誰よりも相応しい。

これからは仕事でああだこうだと対等に言い争うこともできなくなる。なんだか少し、寂しい気がした。

すっかり話を聞き終えたつもりで席を立とうとする私に、小野田部長はサラッとひと言つけ加えた。

「朱石くんはサブマネージャーに昇進してもらうつもりだ」

――一瞬、なにを言われたのか分からなかった。

昇進？　本来なら降格されてもおかしくないくらいのミスをした私が、どうして？

「部長、それはいったい……？」

「氷川くんのひとつ下じゃ、不満かね？」

「いえ、そういうことではなくて……」

小野田部長はポカンとする私の顔を、おもしろそうに眺めて笑う。

「氷川くんから聞かせてもらったよ。クライアントを怒らせた後、相手方の社長を納得させ、再びチームリーダーへと返り咲くまでの経緯をね。一度失った信頼を取り戻すのは、容易にできることじゃあない。その実績を考慮して、君をサブマネージャーに任命することにした」

よくやってくれた、そう言って誇らしげに私を褒めたたえる小野田部長。

けれど私は、うれしい反面、正直複雑でもあった。

流星がいなければ、挫折の苦しみに浸るだけで、なんの解決策も見い出せなかった私。

新藤社長への謝罪の段取りも、情報収集も、すべて流星がしてくれたこと。

私は、小野田部長の褒め言葉に値する人間なのだろうか？　このまま、与えられた役職を素直に受け取っていいのだろうか。

「お言葉ですが、小野田部長……」

私は申し訳ない気持ちでいっぱいになりながら口を開いた。

「ミスを立て直せたのも、失った信頼を取り戻せたのも、私の力ではないんです。すべて氷川さんがしてくれたこと。ですから、昇進は辞退します」

「それは困ったな」

小野田部長が難しい声で唸った。

「実は、氷川くんが、朱石くんをサブマネージャーに昇格させないのであれば、自分もマネージャーにはならないと言っているのだよ」

「え⁉」

予想だにしていなかったひと言に、私は声を裏返らせる。

小野田部長が困り顔でため息を漏らした。

「マネージャーを務めるには、優秀な君のサポートが不可欠らしい」

「氷川さんがそんなことを……？」

「君と仲が悪いだなんて言っておきながら、本心は真逆だったようだな。彼もなかなか素直じゃない男だ」

　腕を組みながら、思い出し笑いを浮かべる小野田部長。私へ視線を戻すと、力強くうなずいた。

「もちろん、私としても、サブマネージャーを任せることに異論はない。なにより私は、君のように活気のある社員が大好きなんだ。過ちを恐れる必要はない。存分に失敗したまえ。そして学ぶといい。どんな苦労も、必ず将来へと繋がり、自らの糧になる。それこそが我々の財産なのだから」

　そう言った小野田部長の眼差しは、子どもたちの成長を見守る父親のように、慈愛に満ちていた。

「君の熱い志で、氷川くんを支えてやってくれ。そして、この会社の次なる道を、切り開いていってくれ」

　小野田部長の手が私の肩を叩き、まだ少し弱気な私を奮い立たせてくれた。この先の未来を君たちに任せる、そう言われた気がした。

「引き受けてくれるね」

　ときに叱り、ときに励ましてくれた威徳ある表情が目の前で穏やかな笑みを浮かべている。目の奥がじんわりと熱くなった。

「ありがとうございます。小野田部長」

そう言って、私は大きくうなずく。

次の世代へと続いていくバトン、それが今、私の手の中に託された。流星とふたりで繋いでいくんだ。また次の世代まで。

小野田部長に一礼して会議室を出た私は、一直線に流星のもとへと向かった。

私をサブマネージャーに押してくれたことへの感謝を伝えなくちゃ。

それから、この先の未来に向かって、ふたり手を取って歩んでいこうという決意を、直接彼とたしかめ合いたかった。


「打ち合わせです」

「氷川さんは⁉」

足早にデスクへ戻ってみると、すでに流星の姿はなく、近くにいた青山さんが事務的に答えた。

私もこの後、外出の予定が入っていて、戻るのは午後になるだろう。流星とはすれ違いになってしまいそうだ。

早く会って話をしたかったけれど、はやる気持ちを抑えて渋々あきらめる。

まぁ嫌でもそのうち顔を合わせるだろう。とりあえず今は目の前の仕事に集中だ。

だが、午後になって私が外出先から帰ってきたとき、流星はすでに別の打ち合わせに行ってしまっていた。この後、私の打ち合わせが立て続けに三本。終わる頃には陽が傾いていた。

「氷川さんは？」

夕方になり急いでデスクへ戻ってくるも、やはり流星の姿はない。

「外出しました。直帰するそうです」

端的な青山さんの返答に、私はがっくりとうなだれる。

仕方がない。明日にするか。私が自分の仕事に戻ろうとした、そのとき。

「朱石先輩、緊急でちょっといいですか⁉」

市ヶ谷くんが電話を片手に自席から声を張り上げた。

緊迫した顔つきで、なにかのトラブルが起こったことは知らされるまでもなく察知することができた。

「どうしたの？」

私が慌てて駆け寄ると、市ヶ谷くんは電話機の保留ボタンを押しながら、大きなため息をついた。

「別件なんですが、背景セットのイメージが事前の打ち合わせと違っているというクレームがあって」

「ひょっとして、明日撮影のやつ？」

「ええ。今から変更は無理ですとお話はしたんですが、なかなか折れてくれなくて」

市ヶ谷くんがやれやれといった顔つきで肩を竦めた。

今回クレームをつけてきたクライアントは、直前になって気が変わったり、あっさりと意見をひっくり返したり、たしかになかなかの曲者なのだ。

事前に綿密な打ち合わせを行っているにも関わらず、後戻りできない場面で悪びれもなく無茶を言う。この案件の前の担当者も「ひどい目にあった」と愚痴をこぼしていたくらいだ。

市ヶ谷くんが相手をするには、少々骨の折れる相手だ。どのみち『責任者を出せ』と言ってくるだろうから、今から私が出ておいても変わらないか。

「電話、貸してくれる？」

私は市ヶ谷くんから受話器を引き継いでもらった。

こんなところを〝氷川さん〟に見られたら、また部下を甘やかしていると怒られてしまうかもしれない。けれど、これが私のやり方だ。困っている人がいたら、手を差し伸べてあげたい。問題があれば、一緒に解決策を考えたい。みんなで手を取り合って、ともに成長していければいいんだ。

よく見ておいてね、市ヶ谷くん。いつか私の助けなんかいらなくなったとき、今度は君が誰かを守る番だ。

その日がきたらこうやって、精一杯の愛情で守るべき誰かを支えてあげてほしい。

結局トラブル対応に徹夜であたることになってしまった私は、明け方の誰もいないオフィスで、椅子を連ねてベッドを作り、横になっていた。

クライアントからは『なんとかしてくれ』の一点張り。説得の余地もなく、一晩中対応方法を模索していたのだ。

道連れになってしまった市ヶ谷くんも、今は奥の会議室に籠って横長のテーブルをベッドに仮眠をとっている。

くたくたの私たちにかまうことなく、容赦なく朝日は昇る。あと三時間経つ頃には、今は誰もいないこのオフィスも賑やかになり、今日という一日が始まってしまう。

今のうちに眠っておかなくちゃ。

安定感のない椅子のベッドに体をそわそわさせて、仮眠室があればなぁなんて心の中で文句をこぼしながら、私はなんとか浅い眠りにつくことができた。

＊　＊　＊

「なにをやっているんです。あなたは」

聞き覚えのある低い声が聞こえて、私はゆっくりと目を開けた。

ブラインドの隙間から強い朝日が射し込んでいる。どうやら朝みたいだ。

——朝!?

慌てて時計を見ると七時半。定時まで一時間以上あるせいか、オフィスの中はまだがらんどうで、誰も出社してきてはいないみたいだった。

目の前のただひとりを除いては。

そのひとりが私を見下ろして、あきれたふうなため息をこぼす。

「また徹夜ですか？　いったいなにがあったんです？」

ぼんやりとした頭を軽く振るいながら、私は椅子で作った超簡易ベッドから身を起こす。

「えと……ちょっとトラブル対応に手間取って……」

「またですか。どうせ今回も当事者ではないんでしょう。そんなもの本人に任せればいいのに。体がいくらあっても足りませんよ」

相変わらず、冷静沈着なトーンでネチネチとお小言を垂れる彼。

だから、そんなに簡単に割り切れるものではないんだって。世の中、すべて合理的に片づけられると思ったら大間違い――

やっと目が覚めてきて頭の稼働率が八十パーセントくらいに到達したとき、驚くべき事実に気がついた。私は目の前のその人物をじっと凝視する。

いきすぎた敬語、にも関わらず鋭く尖った刃物を思わせる攻撃的な台詞。機械のように揺るぎのない顔色と、冷徹な態度。

「ひ、氷川さん⁉」

「なんです？」

鬱陶しそうに答えた彼の目もとには――

「――眼鏡、なんでかけてるの⁉」

「なにか問題が？」

さも当然のごとく答えた。

　ここ二か月くらい、眼鏡なんてかけていなかったのだから、驚くのは当然だろう。昨日までの流星は——あのフラットな言葉遣いと柔軟な態度は、どこへいってしまったというのか。

　困惑する私を前にして氷川さんがうんざりとした口調でため息をつく。

「あきらかに嫌そうな顔をしていますね。そんなに眼鏡をかけた私が嫌いですか？」

　私は椅子から降り、目の前の氷川さんに手を伸ばした。彼の目もとにあるその眼鏡に、そっと手を触れる。

「あなたがなりたかったのは、この姿ではないんでしょう？　憧れの人のように、私のように、自由奔放でいたいんでしょう？」

　そうっと彼から眼鏡を奪おうとする。このレンズの下に、優しくて綺麗な、いつも私を見守っていてくれた瞳があることを知っている。

が、それは叶わず、彼の大きな手に阻まれた。

「気がついていますか」

　氷川さんが感情のない低い声で、私に言った。

「最近のあなたは弛んでいます。書類には誤字脱字が多いし、内容も以前より完成度が下がっている。多忙なのは分かります。でも、それだけではないでしょう。あなた、私が眼鏡をはずしてから、完全に気が抜けていますね」

氷川さんが、私の手を冷たく突き放した。

「私が細かな指摘をしなくなったのをいいことに、手を抜いてはいませんか？」

「そ、そんなことは」

ないと言えるだろうか。そう自問自答して凍りつく。

たしかに、以前の私は、落ち度のないように最大限気を張ってやっていた。ちょっとでも詰めの甘い箇所があれば、氷川さんが確実にそこを突いてくるからだ、抜け目ないように注力し続けてきた。

最近はというと、流星が味方になってくれたおかげで、揚げ足を取るような敵はいなくなり、細かなところにまで気を配らなくてもなんとかなるようになってしまった。

「……私が少しくらい失敗しても、流星がフォローしてくれてたでしょ？」

「私がいないと一人前の仕事ができないということですか？　グレードダウンしてどうするんです」

痛いところを突かれて、うっ、と押し黙る。

「しっかりしてください。昇進するんでしょう？」

氷川さんの言葉にハッと顔を上げ、小野田部長から昇進を言い渡されたときのことを思い出した。

　まずはお礼を言わなくちゃいけない。私をサブマネージャーに押してくれたのは、彼なのだから。

『ありがとうございました』──しかし、それを口にする前に、威圧的な視線に気圧されてあっさりと遮られてしまった。

「言っておきますが、今後は、そのような腑抜けた仕事ぶりは許しません。私が上に立った暁には、百パーセント完成された成果物でなければ、受け取りませんから」

　私の額に、人差し指をぴしりと突きつけて、氷川さんが言う。

「は、はい……」

　正式に昇進する前から、早速怒られてしまった。前途多難だ。

「とはいえ……」

　氷川さんがひとつ、コホンと、咳払いをした。

「私にはないものを、あなたが持っていることも……事実です」

　迷うように漂う視線。合理的ではっきりとした性格の彼が、珍しくどうしたらいいか躊躇いながら、言い淀んでいる。

「……あなたの、太陽のように周囲を明るく照らし出し、人々を惹きつける求心力を私は評価しているんです。人の心に寄り添い、正しい方向へ導いていけるような……。私は他人に優しくなど、そういうことは苦手ですから」

最後の方は言いづらそうに顔をしかめる。不満半分、照れ半分、といった具合に。

「ともに仕事をするならば、今の私でいる方が丁度いいでしょう。得手不得手が正反対の私たちの方が、バランスよく物事に対処できる」

あくまで仕事基準の氷川さん、小難しいことを言っているけれど――。

……それってつまり、これから先、一緒にがんばろうってことだよね？

どうして彼は、こんなに回りくどくて、分かりづらい言い方しかできないのだろう。私にはとくに厳しい態度を取る氷川さん、嫌われているのだと思い込んでいたけれど、本当は全部裏返しで……。

素直じゃない彼に、思わずクスリと笑ってしまった。そんな私を見て、氷川さんはぎょっと目を丸くする。

「もう少し分かりやすく言ってください。『協力してがんばろう』とか……」

「仕事中にそういう感情的なことは……」

そうやって言葉にしてくれないから伝わらないんだ。ずっと私を見守ってくれていたことも、大切に想ってくれていたことも。

氷川さんから伝わってくる愛情は、私の勘違いなんかじゃないよね?

「……私は、氷川さんにとって必要な存在ですか?」

真っ直ぐに問いただすと、彼はうっ、と呻くように眉間に皺を寄せた。やがて、観念したようにため息をこぼす。

「……ええ。必要です。あなたがいなければ、仕事など楽しくない」

ゆっくりと、私の胸にそのフレーズを焼きつけるように、氷川さんがささやいた。

「私を支えてください。そして、支えさせてください。ともに同じ目標に向かって、歩んでいきたい」

冷静な顔で淡々と、そんな情熱的な台詞を零すものだから、思わず顔が熱くなってしまった。やっと正直になってくれた彼に、自然と頬が綻んでしまう。

「……はい」

私が静かにうなずくと、彼は安心したのだろうか、ふっと、口もとをやわらかくさせた。

ひょっとして、笑ったのだろうか。初めて見る、氷川さんの微笑み。

もっと早くそれを見せてくれたなら、きっと彼のことを冷徹な機械人間だなんて思わなかっただろう。

ううん、私がもっと早く気づいてあげるべきだったんだ。〝氷川〟と〝流星〟が、同じひとつの人格だってことを。

「それからもうひとつ」

氷川さんはゆっくりと自らの目もとに手を伸ばし、その無機質な眼鏡をはずした。

「ほかにも別の理由がある」

そう告げて甘い砂糖菓子みたいなトロンとした表情で私を見つめる。

彼は私との距離に躊躇いなんか見せない。今にも触れ合いそうな、手を回せばすぐに抱きしめ合える距離で、ささやきかける。

「一か月前の夜を忘れた？　あれから、俺たちは、ただの同僚に戻ってしまっているけれど……」

流星の手が私の頬に触れる。強引に私の顔を引き上げて、自分の唇へ持っていく。

「独占したいって、言ったよね？」

私の唇に、彼のやわらかなそれが触れた。

一か月ぶりの口づけだった。たったこれだけで、あのときの濃厚な一夜の記憶が呼び起こされた。

体が熱く火照り、頬が真っ赤に染まる。恥ずかしさと狂おしさが混ぜこぜになる。

言葉を発する者を失ったオフィスは、シンと静まり返る。ここには、私と彼しかいない。甘い感触だけにこの場が満たされている。

彼が唇を離して、甘えるような、喘ぐような、小さな悲鳴を喉の奥から絞り出す。

「もう俺のこと、忘れちゃった？　俺は一晩で満足しちゃうような男だった？」

切なさと焦燥が混ざった瞳。違うよ、その不安を誰よりも感じていたのは、私だ。

彼と体を重ねた次の日。びっくりするほどいつも通りの日常が待っていて、あの夢のような時間はやっぱり嘘だったんじゃないかと疑心暗鬼に陥った。

オフィスにいる冷静な流星の姿を見続けていたら、日に日に彼への愛しさすらも正しいものなのかどうか分からなくなっていった。

この場所に来れば、流星がいる。彼と一緒に、同じ方向を目指して歩んでいける。それだけで十分幸せなのではないだろうか。これ以上求めるなんて、贅沢だ。

その一方で、もっと彼に近づきたい、仕事だけに収まりたくないと考える自分もいて。とはいえ、自分から踏み込む勇気も持てなくて。

「ここで毎日あなたと一緒にいられるから、幸せだって言い聞かせてた」

不安定な気持ちをごまかそうと、仕事に埋もれ自らを忙殺した。働いている時間だけ、冷静でいられた。

「本当はもっと、そばにいきたかった」

触れたかった。彼の力強い腕に、大きな背中に、さらさらとした黒髪に。けれど、そんな甘え、許してもらえるのか自信を持つことができなかった。

「どうしてもっと早く言ってくれなかったの」

流星が小さく笑って、あやすように私の頭を優しくなでる。

「やっぱり仕事とプライベートは、分けた方がよさそうだ。その方が俺のことを素直に愛おしいと言えるだろう？」

「そうかもしれない」

ふふ、と吹き出して、目の前にある彼の肩にコツンと額をあてた。一か月間悩んでいた自分が馬鹿みたいだ。自分の気持ちに素直になれば、彼を信じてすべてを打ち明けていれば、受け止めてくれる腕が目の前にあったのに。

「眼鏡があろうがなかろうが、目指すところは一緒だし、光子への想いも変わらない」

流星が私の顔を覗き込む。とてもやわらかくて、輝きに満ちた表情。私の心を狂わせる、魅惑の眼差し。

「最高の仕事と、最高のふたりの未来。違う？」

その綺麗な形をした唇が、甘い媚薬のような言葉を刻む。

私の心の奥底が、彼を求めてやまなかった。今さらダメと言われても、もう抑えきれるはずがない。

「違わないよ」

私は流星の腕の中に体を預けて、目を閉じた。彼の両腕がしっかりと私を包み込む。

初めて知った、抱きしめてもらう幸せ。体と体が触れ合ったときの、言葉にならない高揚感。もっと欲しいと求め合ってしまう、どうしようもないくらいの情熱。

守ってほしいと、そして守りたいと感じる、切り離せないふたりの絆。

自分意外の誰かを、愛するという気持ち。

「ずっと私のそばにいて」

そんな初めての感覚をしっかりとたしかめるように。

私は初めて自分から、彼の唇に飛び込んだ。

特別書き下ろし番外編

ずっと私のそばにいて

「実は先週の金曜日、氷川くんと合コン行ったんだけどさー」

――カシャーン――

人通りの多い午前十時のオフィス街。隣を歩きながら陽気に笑う営業・若部さんの衝撃発言に、私は思わず手に持っていた携帯を取り落としてしまった。

「……失礼しました。……それで、どうだったんですか？　その合コン」

「ばっちりお目あての子と連絡取り合ってるよ！　今度ふたりで食事に行く予定♪」

正直言って、若部さんの成果に関してはさほど興味がない。それよりも……。

「……氷川さんの方は……」

「氷川くんはどこ行ったってモテ男だよ。一昨日は、一番美人な二十三歳歯科助手の女の子と連絡先交換してたみたいだけど、あの後どうなったのかなー。お持ち帰りしたのかなぁ」

お、お持ち帰り⁉

――ガンッ――

今度は歩道の真ん中に立っていた車止めのポールに真正面から突っ込んでしまった。

「大丈夫?」

「……大丈夫……です」

私がこれほどまでに動揺する理由。それはもちろん、半年前から付き合っている氷川流星の合コン話を聞いてしまったからで。

「で、ですが、氷川さんは一応常識的な方ですから。会った初日でいきなりお持ち帰りだなんてそんなことは……」

「いやいや、あの美人を前にして平常心を保ってられる男がいたら見てみたいよ」

若部さんは相変わらずスーツの似合わない不揃いな茶髪をかき上げながら、自信満々に男の性を熱弁した。

「たとえ彼女がいたとしても、持ち帰っちゃうねーあれは」

「あはははは ー」

冗談じゃない。笑えない。

もちろん、若部さんは私と氷川流星が付き合っていることを知らない。そもそも、知っていたらこんな話題を私に振るわけがない。社内恋愛ということもあって、私も流星も、周囲にはバレないよう気を使っているのだ。

ということで、私に知られてはならない秘密を次々と暴露しているという自覚が、若部さんにはない。

「合コンでのあの立ち居振る舞い、間違いなく女慣れしてるね、彼は」

悪気のない若部さんの言葉は、私の不安感をどんどん深刻なものにしていく。

私と流星の関係は、仕事が中心。カップルらしくベタベタするよりも、打ち合わせをしている時間の方が長い。

お互い夜遅くまで会社にいるからわざわざ電話やメールをしないし、週末も仕事でふたりきりの時間がなかなか取れない。

忙しいから夜の関係もご無沙汰になり、本当に付き合っているのかどうかすら分からなくなるときがある。

目に見えてモテる流星。周囲の女の子たちからの数多(あまた)の誘惑になびかないという保証はないし、私よりかわいい子なんて、世の中にわんさかいる。

それなのに、どうして流星は私を選んだの？

私みたいな仕事人間が彼女で、流星は満足してくれてるのかなあ？

愛しく想えば想うほど、打ち明けられない焦燥感が自分の首を絞めるのだった。

「そういえば、前回の打ち合わせの内容は氷川くんから聞いている？」

「あ、は、はい」

軽く頭を振って余計な考えを吹き飛ばした。いけない。集中しなくては。

これから私と若部さんは星宝Ｌｉｌｉａのオフィスへ打ち合わせに行くのだ。

以前私が担当したジュエルコスメと星宝Ｌｉｌｉａとのコラボレーション企画は、大成功のうちに幕を閉じた。

予想外だったのは、星宝Ｌｉｌｉａ側から思っていた以上に高評価を得たこと。すでに我が社が受注している案件とは別に、新たな企画を任せてもらえることになったのだ。

初回の打ち合わせは、プロジェクトの統括マネージャーである流星と、営業担当の若部さんが出席した。二回目である今日は、より現場に近い立場の私が加わる。

「氷川くんは、後から来るって？」

「……はい、ほかの打ち合わせと重なってしまったらしくて。二十分遅れで合流できるそうです」

「それじゃあ、俺と朱石さんで進められるところは進めておこうか」

話が一区切りつく頃には、目的地である巨大なタワービルが見えてきた。

オフィス街のど真ん中にそびえ立つ、一際目を引く近代的な外観のビルだ。その上層階に星宝Ｌｉｌｉａのオフィスがある。

　受付を済ませると、ソファとテーブルが置いてある応接スペースに通された。

　そこで待っていたのは、お洒落な佇まいの若い男性。

「初めまして。広報の瀬戸と申します」

　上下ともにシックな黒。光沢の強いジャケットに、細身のパンツ。高級ブランドショップの販売員といった出で立ち。

「お忙しいところわざわざ弊社までご足労いただき、ありがとうございます」

　そう言って、彼――瀬戸さんは爽やかな笑顔で名刺を差し出した。物腰がやわらかく、丁寧な人、というのが第一印象。

　向かい合わせでソファに腰を下ろしながら「さっそく本題で恐縮ですが」と前置きして瀬戸さんは資料を取り出し始めた。立派な木製のテーブルの上に〝試作版〟と書かれたパンフレットが並ぶ。

「今回ご依頼する新規ラインは通称『ＰＲＡＹ　Ｌｉｌｉａ』。『ＰＲＡＹ』は、英語で『祈る』。つまり、願かけです。パワーストーン――と言えば分かりやすいでしょうか。宝石は元来、力を宿していると言われています。その未知なるパワーにあやかって、お客様のお悩みに沿ったジュエリーを提案しようというのが、今回のサービス概要です」

パンフレットには、様々な色の宝石を埋め込んだリング、ネックレス、ブレスレットの写真。ページを一枚めくると、宝石の説明が載っている。勝負に強いルビー、健康と癒しを司るアメジスト、仕事の能力を引き出すサファイア、といった具合に。

「たとえば、恋人が欲しい方にお勧めしているのが、このガーネットをあしらったリング。実際に弊社社員が一か月間身に着けたところ、恋人ができたそうです」

それはすごいですね、と私はひとまず相づちを打った。未知なるパワーだなんて、いまいちピンとこないけれど、こういうのは信じることが大切なのだろう。

建前上、興味深そうにする私を見て、瀬戸さんはキラリと目を輝かせた。

「試されますか？」

瀬戸さんが、木製のテーブルの下台から、ジュエリーボックスを取り出した。

ブランドを象徴する深紅の色をしたそれは、高級感のあるベルベット生地に覆われていて、開けてみると、パンフレットに載っていたリングが数種類台座に並んでいた。

「これがサンプルになります。お客様の叶えたい願いに合わせて、リングやネックレスなどの基盤と宝石をカスタマイズして販売する予定です」

不意に瀬戸さんは懐からリングが何連にも連なったリングゲージを取り出した。指のサイズを測るときに使うものだ。

「朱石様は、なにか心配ごとや叶えたいお願いなどございますか？　記念にひとつ、プレゼントさせてください」

「い、いえ、私は、そんな……」

「ものは試しですよ。なにかありませんか？　たとえば、仕事をがんばりたいとか、宝くじをあてたいとか――」

瀬戸さんが強引に私の手を取って、指にリングゲージをすべらせる。

「――あるいは、彼氏とうまくいかなくて悩んでいる、とか」

「……っえ……⁉」

あからさまに動揺してしまったのを、隣の若部さんは見逃さなかった。

「朱石さん、彼氏と不仲なの⁉　っていうかそれ以前に、彼氏いたの⁉」

「え？　あ、え、ええと、ま、まあ」

わたわたと言い淀む私に、瀬戸さんはなにかを察したようだった。

「なるほど、仕事と恋の両立はなかなか難しいですよね」

勝手にそんなことを言って納得して、こちらへ慈悲深い瞳を向けてきた。

「それでは、ピンクダイヤモンドなんていかがでしょう。深い愛を育む効力を持った宝石です。プロポーズされたいという方にもお勧めですよ！」

「いえ、そんな、プロポーズなんてまだ……」

「いいじゃん！　本当にプロポーズされるか、試してみてよ！」

おもしろがって煽る若部さん。完全に他人事でしょう？

そんなとき、コンコン、とドアをノックする音が響いてきた。

瀬戸さんの返事を待って開かれたそこには、受付嬢に連れられてやって来た氷川流星——いや、仕事モードの〝氷川〟の姿。

「遅くなり大変失礼致しました」

ピリッとした空気を身に纏い、クールな営業スマイルを浮かべて部屋の中へ入ってきた。

「丁度よかった。今、朱石さんにＰＲＡＹ　Ｌｉｌｉａの指輪を試してもらってたんだ。氷川くんからも勧めてやって」

若部さんの言葉に、氷川さんは「ほう」と眼鏡のブリッジを押し上げる。

「朱石さんは、どのような宝石を選んだのですか？」

「ピンクダイヤモンド。彼氏にプロポーズしてほしいんだと」

氷川さんが、ちょっと驚いた顔で私の方を見た。

「っへ⁉　いや、あの、そういうわけじゃ……」

声を裏返らせて弁解する私。しどろもどろだ。

だってこれではまるで、プロポーズをせがんでいるみたいじゃないか！　結婚どころか、合コンでお持ち帰り疑惑が浮上してお付き合いさえ危ういっていうのに、プレッシャーかけてどうするの！

しかし、氷川さんは何事もなかったかのように視線を戻して、ソファに腰掛ける。

「そうでしたか」

え……なにそのうっすいリアクション……。

もともと氷川さんは冷静沈着機械人間だけど、今日はいっそう淡々として見えた。

もしかして、意図が伝わってない？　ううん、彼はそこまで鈍感な男ではないはず。

それとも……嫌なのだろうか。私と結婚なんて。

心にずんと重みが圧しかかる。だって、ただでさえ私に満足できなくて合コンに行くくらいだもん、結婚したいなんて言われても、迷惑でしかないよね。

心に暗雲を抱える私などさておき、その後の打ち合わせは滞りなく進んだ。

結局私は好意に甘えてピンクダイヤモンドのリングをいただくことにした。これからサイズを合わせて発注し、引き渡しは一週間後になるそうだ。

瀬戸さんに丁寧に見送られながら、オフィスを後にした私たち。

ビルを出たところで、左腕の時計を確認した若部さんが、しまったという顔をした。

「まずい、もうこんな時間か。次の打ち合わせがあるから、先行くね」

そう告げて小走りで駅へ向かう若部さん。残されてしまった私と氷川さんは、お昼休憩のサラリーマンやOLたちが多く行き交うオフィス街をのんびりと歩き出す。

「朱石さん、次の予定は？」

「ええと、夕方から自社で打ち合わせが」

「では、少しだけ時間を取れますか？　食事でもしていきましょう」

そう言って氷川さんは、瀬戸さんが教えてくれたという、お洒落なイタリアンに案内してくれた。

ふたりで食事といっても、話題は仕事のことばかりだ。運ばれてきたカサゴの香草焼きとポルチーニ茸のクリームパスタをつつきながら、意見を交わす。

話の切れ間に軽いノリで、若部さんとの合コンについてジャブを打ってみた。

「ねえ、覚えてたら教えてほしいんだけど」

「なんです？」

「先週の金曜日の夜って、なにしてた？」

氷川さんがナイフとフォークを持つ手を、一瞬止めた。

けれど、何事もなかったかのように、再び食事を再開する。

「たしか、あなたはトラブル対応に追われていたのでは？　私は夕方から星宝Ｌｉｌｉａとの第一回目の打ち合わせをして、その後直帰しました」

「……若部さんに聞いたんだけど」

――ゲホッ！

若部さんの名前を出した途端、氷川さんがむせた。

「……失礼」

冷静にお冷へ手を伸ばし、水をひと口含みながら、平静を保ったふうだったけれど、視線がどことなく泳いでいる。

知られてはまずい、やましいことがあるのだろうか。やはり軽く反応をうかがうなんて無理だ。この際、直球でいくしかないと腹を括った。

「また、合コン行ったんだってね？」

「……誤解です」

氷川さんはナプキンで口を軽く拭いながら、あらたまって姿勢を正した。

「自ら進んで行ったわけではありません。若部さんに騙されたんです。クライアントの接待に付き合ってほしいと言われ、いざ着いてみたら合コンで」

「二十三歳歯科助手の美女と連絡先交換したんだって?」

「……違うんだ、光子」

観念したかのように、氷川さんが眼鏡をはずし、テーブルの脇へと置いた。仕事モードから一転、プライベートモードの〝流星〟がいたたまれない表情で姿を現す。

「断れなかっただけだ。自分から聞いたわけじゃない」

「連絡、取ってないの?」

「こちらからは取っていないよ。相手方からきた食事の誘いは全部断った」

「ふーん……」

「……悪かったよ。合コンなんかに行って。でも本当に、浮気心じゃないんだ」

嘘をついているような目ではない。けれど、不安感はそうそう拭い去れるものではなくて――

私はフォークに絡ませたパスタをひと口放り込みながら、短く嘆息した。

「それならそれで、話してくれたらよかったのに」

「……光子?」

「仕事の付き合いなら、多少飲みに行こうが、怒ったりしないよ。……言ってくれれば変に勘ぐったりなんか……」

……本当はすごく、怖かった。すでに流星の心は、私から離れてしまっているのかと思った。

ああ、もう私たちはお終いかもしれないって、不安に苛まれた。

「ピンクダイヤモンドの話も、結婚に焦ってるとかじゃないから。ただ、少し……流星が私のことをどう思っているんだろうって、心配になっただけだから……」

「……光子」

フォークを力なく置いた私の手に、流星の手が重なった。不意に顔を上げると、真剣な瞳がこちらをじっと見つめていた。

私にしか届かないようなわずかな声で、流星がそっとささやいた。

「心配させるようなことして悪かった。俺はずっと光子のこと……変わらず愛してる」

「っ……」

突然飛び出してきた愛の告白に、思わず言葉が詰まる。

流星はときたま、私では決して口にできないような大胆な台詞を、恥ずかしげもなく言いのける。

呆然とする私の手を、ぎゅっと強く握って、たしかめるようにうなずいた。

「だからもう、そんな悲しい顔はしないで。光子らしく、堂々としてくれていればいいから」

根拠もないのに勝手に不安がるなんて、悪いのは完全に私の方なのに、流星はこんなあたり前のことを優しく諭してくれる。私がほしがっている言葉を、ちゃんと口に出してくれる。

なんだか自分が情けなくて、慌てて視線を逸らした。

もう弱気を見せてはいけない、そう思うはずなのに、今まで見ない振りをしていた不安感が、次から次へとあふれ出てきて、また流星に甘えたくなってしまう。

「私が仕事ばかりしているから、もう嫌になってしまったのかと……こんな私のペースに、流星を付き合わせていいのかなって……」

「付き合わされているなんて思ったことはない。俺はがむしゃらに走り続ける光子が好きなんだ。がんばる光子の横顔を間近で見られるのが、俺の幸せだから」

叱るように声を押し殺す彼。けれどその内容は、目眩がするほど甘い。

かつて彼は、私が太陽のようだと言っていたけれど、逆だと思う。私を照らしてくれているのは、流星の方だ。光があるから、私は迷わず走っていける。

思わず目の奥が熱くなってしまって、顔を伏せた。そんな私を見透かすように、流星はクスリと笑って、私の瞳の下を軽く拭う。

「光子は本当に、仕事以外、ダメだなあ」

流星は分かってくれている。普段は強く振舞っている私が、本当はすごく臆病であることを。それでも愛していると言ってくれたことが、たまらなくうれしかった。


それから一週間。私は今まで以上に慌ただしく仕事をこなした。

新規案件の立ち上げに、既存案件の現状報告、トラブル対応、後輩の教育――サブマネージャーに昇格した私のタスクは、今まで以上に膨大だ。

そんな私を相変わらず流星は支えてくれる。仕事の面だけではない、精神面でも、彼がいてくれるだけで心強く思えた。

今週も土曜出勤で、帰宅する頃には終電すらなくなっていた。残業に付き合ってくれた流星とともに、彼の家へとタクシーを走らせる。

着く頃にはすでに深夜で、せっかく泊まりに行ったというのに、シャワーを浴びて寝るだけになってしまった。

久しぶりに過ごす恋人同士の夜とは思えぬほど、色気もなにもなく、ただ素直に眠りにつく。

朝、私が目を開けると、ひと足先に目を覚ましていた流星が横に寝そべって、カーテンの隙間から射し込むわずかな光で読書をしていた。

私に気がつくと、「おはよう」そう言ってやわらかく微笑んでくれた。

「疲れていただろ？　ゆっくり休めた？」

「うん。ぐっすり眠れた」

「それはよかった」

そう言って流星は、私の額におはようのキスをくれる。照れ笑いを浮かべる私に、もう一度。こんなに甘くてくすぐったいひとときは、いつぶりだろう。

「ねえ、光子。渡したいものがあるんだけど」

流星は起き上がると、ベッド脇のサイドテーブルへと手を伸ばした。テーブルの上には、昨日の夜にはなかったはずの、深紅の小ぶりな紙袋が置いてある。いつの間に用意したのだろう。

紙袋には星宝Ｌｉｌｉａのロゴ。首を傾げると、彼はそれを私の枕もとに置いた。

「開けてみて」

体を起こし、紙袋から中身を取り出すと、高価そうな布袋に包まれたジュエリーボックスが出てきた。

ああ、これはもしかして、この前注文したピンクダイヤモンドのリング？　流星が、瀬戸さんから預かったのかな？

しかし、ジュエリーボックスの中身は、想像していたものと違っていた。

リングの中央には大粒のダイヤモンド。しなやかな曲線を描くプラチナのアームが、優しく包み込むようにそれを支えている。

頼んだものよりもあきらかに高価そうだし、そもそもダイヤがピンク色ではない。

流星は困惑する私の横に寄り添うようにやって来て、そっと肩を抱いた。私の半身が、彼の温もりに包まれる。

「ピンクダイヤモンドのリングの代わりにそれを買わせてもらったんだ。リングの内側を見て」

流星の言う通りに、リングを持ち上げてじっと目を凝らしてみると、内側に文字が彫られていた。

〝Ｒｙｕｓｅｉ　ｔｏ　Ｈｉｋａｒｕｋｏ〟

驚きとうれしさに言葉を失くす私を見て、流星が意地悪におどけてみせた。

「それとも、ピンクダイヤモンドの方がよかった？」

「そんなことない！」

ふたりの名前が刻まれたリング——こんなに嬉しいプレゼント、ほかにない。

ふと、彫られた名前の横に数字が入っていることに気がついて、私は首を傾げた。

これは……日付？

「この数字は、日付……？」

「今日だよ」

「……今日って、なにかの記念日だった？」

「これから記念日にする予定。俺が光子に、永遠の愛を誓う日」

そう告げて流星は私をそっと胸もとへ引き寄せた。

「これはお守りだ。光子がまた不安になったら、この指輪を見て今日の誓いを思い出してほしい。俺はずっと、そばにいるって約束する」

彼のやわらかくて、でも頼もしい声が、私の体をなでるように流れ落ちていく。

見上げた先には誠実な眼差し。射し込むわずかな光を受けてぼんやりと灰色に輝く瞳は、どこか温かい。

「今の光子が仕事で精いっぱいなのは知ってるし、負担にさせたくないから、すぐにとは言わない。だから、これはいつかの約束だ」

その瞳が、ゆっくりと私の方へ近づいてくる。

距離に比例して速くなる鼓動。浅くなる呼吸。彼だけに神経が研ぎ澄まされる。

その唇が私に触れる直前、言葉を紡いだ。

「結婚しよう。同じ時間をともに過ごして、同じ景色を眺めていこう。どんなことがあっても、光子を支え続けると誓うよ。これから先、ずっと……」

答えを待たずに、唇が塞がれる。

唇の感触と衝撃的な台詞が、私の頭の中をぐるぐると駆け巡って思考を乱した。

久しぶりのキスは、初めてのときのように新鮮。

同時に、長い時間耐え忍んだ感情が爆発したかのように甘く狂おしい。

私の頭を支える流星の指が、耳のうしろに触れ、じんわりとした痺れに襲われる。

彼の手にもたれたら、そのままベッドへ引き導かれて、ふんわりとした毛布と彼に挟まれるようにして再び口づけを落とされた。

期待を滲ませながら、彼がわずかに首を傾げる。

私の答えを待っているんだ。いつかの約束――プロポーズの返事を。

照れくささと涙を隠すように唇を噛みしめて、ひとつ呼吸をした。

それから、震える唇で答える。

「はい」

流星が目を細くして、満足気に微笑む。

それから——長い長いキス。

呼吸に合わせてわずかに吐息を漏らしながら、誓い合うように何度も唇を重ねた。

「ダイヤにはね、ふたりの絆をより強固にする力があると信じられているんだって」

流星は瀬戸さんから教えてもらったという、結婚指輪にダイヤが使われるようになった逸話を聞かせてくれた。

「強く、深く、結ばれるように。ふたりの愛が決して壊れることのないように。だからこの石に誓うよ。光子への愛が永遠であることを」

彼の声が、言葉が、仕草が、やわらかく私の全部を包み込む。この笑顔がずっとそばにいてくれるなら、きっと私の人生は最高のものになるに違いない。

「ずっと一緒にいようう」

私たちの想いは、愛し合うその心は、途切れることなく未来へと紡がれていく。

時が経っても決して色あせることのない、永遠に輝くその石が、それを証明してくれるだろう。


【END】

あとがき

はじめまして。伊月ジュイと申します。『イジワル御曹司のギャップに参ってます！』をお手に取っていただき、ありがとうございます。

本作で初めて、自分で書いた物語が本になるという経験をさせていただきました。どんな小説の巻末にもついているこの〝あとがき〟をまさか自分が書くことになろうとは。なんだか夢のようです。これもひとえに、なんの人脈も経験もない私の書いた小説を、投稿サイトの何十万とある作品の中から見つけだし読んでくださった皆様のおかげです。本当にありがとうございます。

さて、本作は、第六回ベリーズ文庫大賞の選考テーマ「ギャップ」をお題に書かせていただきました。周りの作家様方に比べて、けっして優れた文章が書けるわけではない私は、キャラクターの個性と台詞の掛け合いで勝負するしかないと思い、とにかくおもしろくて格好いいギャップヒーローを描こうと試行錯誤。結果、〝流星〟と〝氷川〟というふたつの顔を持つヒーローが生まれました。

王子様だけどちょっと意地悪で悪戯っ子、頼れるお兄さんのようでありながら甘えん坊な一面もある……そんな〝流星〟が、皆様に魅力的な男性として映っていたら嬉しいです。とはいえ、書いていて楽しかったのは〝氷川〟の方で、分かりやすいインテリキャラが著者的には大好きでした。ふたりそれぞれに見せ場がほしくて、このような結末になりましたが、いかがだったでしょうか。皆様は、どちらのヒーローがお好みでしたか？

最後になりましたが、スターツ出版の皆様、特に、なにも知らない素人だった私をゼロからご指導くださった担当編集の福島様。そして、とってもかわいらしい光子と恰好いい流星を描いてカバーを彩ってくださったイラストレーターの戯あひさ様、出版に携わってくださったすべての方々にお礼申し上げます。

なにより、いつも私の作品を読んでくださる皆様。少しでもときめく時間を過ごすお手伝いができていましたら幸いです。

ありがとうございました。またいつか、お目にかかれる日を夢見て……。

伊月（いづき）ジュイ

伊月ジュイ先生
ファンレターのあて先

〒104-0031
東京都中央区京橋1-3-1
八重洲口大栄ビル7F
スターツ出版株式会社　書籍編集部　気付
伊月ジュイ先生

本書へのご意見をお聞かせください

お買い上げいただき、ありがとうございます。
今後の編集の参考にさせていただきますので、
アンケートにお答えいただければ幸いです。

下記URLまたはQRコードから
アンケートページへお入りください。
http://www.berrys-cafe.jp/static/etc/bb

イジワル御曹司の
ギャップに参ってます！

2017年8月10日　初版第1刷発行

著　者　伊月ジュイ
©Jui Izuki 2017

発行人　松島 滋

デザイン　hive & co.,ltd.

校　正　株式会社　文字工房燦光

編　集　福島史子

発行所　スターツ出版株式会社
〒104-0031
東京都中央区京橋1-3-1　八重洲口大栄ビル7F
TEL　販売部　03-6202-0386（ご注文等に関するお問い合わせ）
URL　http://starts-pub.jp/

印刷所　大日本印刷株式会社

Printed in Japan

乱丁・落丁などの不良品はお取替えいたします。
上記販売部までお問い合わせください。
定価はカバーに記載されています。

ISBN 978-4-8137-0297-9　C0193

ベリーズ文庫 2017年9月発売予定

書店店頭にご希望の本がない場合は、
書店にてご注文いただけます。

『消えないキスをもう一度』

砂原雑音・著

Now Printing

OLのさよは、酔い潰れた日に誰かと交わした甘いキスのことを忘れられない。そんな中、憧れのイケメン部長・藤堂が意味深なセリフと共に食事に誘ってきたり壁ドンしてきたり。急接近してくる彼に、さよはドキドキし始めて…。あのキスの相手は部長だったの…?

ISBN 978-4-8137-0316-7／予価600円+税

『愛ならここに』

西ナナヲ・著

Now Printing

映像会社で働く唯子は、親の独断で政略結婚することに。その相手は…処女を捧げた幼馴染のイケメン御曹司だった!? 今さら愛なんて生まれるはずがないと思っていたのに「だって夫婦だろ?」と甘く迫る彼。唯子は四六時中ドキドキさせられっぱなしで…!?

ISBN 978-4-8137-0317-4／予価600円+税

『イケメン副社長が私を溺愛しています!?』

花音莉亜・著

Now Printing

設計事務所で働く実和子が出会った、取引先のイケメン御曹司・亮平。彼に惹かれながらも、住む世界が違うと距離を置いていた実和子だったが、亮平からの告白で恋人同士に。溺愛されて幸せな日々を過ごしていたある日、亮平に政略結婚の話があると知って……!?

ISBN978-4-8137-0313-6／予価600円+税

『国王陛下は無垢な人魚姫に恋をする』

若菜モモ・著

Now Printing

王都から離れた島に住む天真爛漫な少女・ルチアは、沈没船の調査に訪れた王・ユリウスに見初められる。高熱で倒れてしまったルチアを自分の豪華な船に運び、手厚く看護するユリウス。優しく情熱的に愛してくれる彼に、ルチアも身分差に悩みつつ恋心を抱いていき…!?

ISBN978-4-8137-0318-1／予価600円+税

『yesと言うまで帰さない』

未華空央・著

Now Printing

飲み会で泥酔してしまった外資系化粧品会社で働く佑月25歳。翌朝目を覚ますと、そこは副社長・高宮の家だった…! 昨晩のことを教えるかわりに「これから俺が呼び出したら、すぐに飛んでこい」と命令される佑月。しかも頷くまで帰してもらえなくて…!?

ISBN 978-4-8137-0314-3／予価600円+税

『タイトル未定』

あさぎ千夜春・著

Now Printing

村一番の美人・藍香は、ひょんなことから皇帝陛下の妃として無理やり後宮に連れてこられる。傲慢な陛下に「かしずけ」と強引に迫られると、藍香は戸惑いながらも誠心誠意お仕えしようとする。次第に、健気な藍香の心が欲しくなった陛下はご寵愛を加速させ…。

ISBN 978-4-8137-0319-8／予価600円+税

『エリート御曹司と(溺愛付き!?)ハラハラ同居生活』

佐倉伊織・著

Now Printing

25歳の英莉は、タワービル内のカフェでアルバイト中、同じビルにオフィスを構えるキレモノ御曹司、一木と出会う。とあるトラブルから彼を助けたことがきっかけで、彼のアシスタントになることに! 住居も提供すると言われついていくと、そこは一木の自宅の一室で…!?

ISBN 978-4-8137-0315-0／予価600円+税

『副社長とふたり暮らし＝愛育される日々』

葉月りゅう・著

貧乏OLの瑞香は地味で恋愛経験もゼロ。でもクリスマスの日、イケメン副社長・朔也に突然デートに連れ出され「もっと素敵な女にしてやりたい」とおしゃれなドレスや豪華なディナーをプレゼントされ夢心地に。さらに不測事態発生で彼と同居することになり…！

ISBN978-4-8137-0299-3／定価：本体640円＋税

ベリーズ文庫
2017年8月発売

書店店頭にご希望の本がない場合は、
書店にてご注文いただけます。

『次期社長の甘い求婚』

田崎くるみ・著

大手企業で働く美月は、とある理由で御曹司が大嫌い。でも社長のイケメン息子、神に気に入られ、高級料亭でもてなされたりお姫様抱っこされたりと、溺愛アプローチされまくり!?　嫌だったのに、軽そうに見えて意外に一途な彼に、次第にキュンキュンし始めて…？

ISBN978-4-8137-0300-6／定価：本体640円＋税

『肉食系御曹司の餌食になりました』

藍里まめ・著

地味OLの亜弓は、勤務先のイケメン御曹司・麻宮に、会社に内緒の"副業"を見られてしまう。その場は人違いとごまかしたものの、紳士的だった麻宮がその日から豹変！甘い言葉を囁いたりキスをしてきたり。彼の真意がわからない亜弓は翻弄されて…!?

ISBN978-4-8137-0296-2／定価：本体630円＋税

『寵愛婚－華麗なる王太子殿下は今日も新妻への独占欲が隠せない』

惣領莉沙・著

第二王女のセレナは、大国の凛々しい王子テオに恋をするが、彼はセレナの姉との政略結婚が決まってしまう。だけどなぜか彼はセレナの元を頻繁に訪れ、「かわいくて仕方がない」と甘く過保護なまでに溺愛してくる。そんなある日、突然結婚の計画に変更が起きて…!?

ISBN978-4-8137-0302-0／定価：本体650円＋税

『溺愛副社長と社外限定!?ヒミツ恋愛』

紅 カオル・著

ホテルで働く美緒奈は女子力ゼロのメガネOL。けれど、友人のすすめで、ばっちり着飾り、セレブ船上パーティーに参加することに。そこで自分の会社の副社長・京介に出会うが、美緒奈はつい名前も素性も偽ってしまう。けれどそのままお互い恋に落ちてしまって…。

ISBN978-4-8137-0298-6／定価：本体630円＋税

『ポンコツ王太子と結婚破棄したら、一途な騎士に溺愛されました』

灯乃・著

人質まがいの政略結婚で、隣国の王太子へ嫁いだ公爵令嬢ユフィーナ。劣悪な環境でも図太く生きてきたが、ついに宮中で"王太子妃暗殺計画"が囁かれ出す。殺されるなんて冗談じゃない！と王太子妃がまさかの逃亡!?　そして、愛する幼なじみの騎士と再会をして…。

ISBN978-4-8137-0301-3／定価：本体620円＋税

『イジワル御曹司のギャップに参ってます！』

伊月ジュイ・著

男性が苦手なOL光子は、イケメン御曹司だけど冷徹な氷川が苦手。でもある日、雨に濡れたところを氷川に助けられ、そのまま一夜をともにすることに!?　優しい素顔を見せてきて、甘い言葉を囁く氷川。仕事中には想像できない溺愛っぷりに光子は翻弄されて…!?

ISBN978-4-8137-0297-9／定価：本体630円＋税